Dorothea's

NEUE Koch-geheimnisse

Vehling Verlag

Berlin · Werl i.W. · Basel · Graz

Gesamtherstellung:
Vebu-Verlag GmbH., Berlin
Gestaltung, Schrift,
Illustrationen, Verse: Titelbild,
Dorothea Haselkamp

Die Ratschläge in diesem Buch sind
von Autorin und Verlag sorgfältig erwogen
und geprüft, dennoch kann eine Garantie
nicht übernommen werden. Eine Haftung
der Autorin bzw. des Verlages und seiner
Beauftragten für Personen-, Sach- und
Vermögensschäden ist ausgeschlossen.

Themenbereiche

Anhang

Zum Inhalt

Fünfzehn Jahre sind inzwischen vergangen, seit die „Kochgeheimnisse mit Pfiff" eschienen sind. Deshalb ist, so meine ich, eine Aktualisierung dringend notwendig, was mit dieser Neuauflage realisiert wird.

Meinem Grundkonzept, das ich mir vor fünfzehn Jahren auf die „Fahne" geschrieben habe, bin ich auch mit dieser Neufassung treu geblieben.

- Auf leicht verständliche Weise sollen fundierte Grundkenntnisse über den gesundheitlichen Wert unserer Nahrungsmittel und der Nahrungszubereitung aufgezeigt werden.
- Die angegebenen Grundrezepte mit ihren möglichen Abwandlungen lassen ein Variieren und Improvisieren von Lebensmitteln jederzeit zu.
- Einfache küchentechnische Erläuterungen, Alternativvorschläge, Tips, Erfahrungswerte und zahlreiche zusätzliche Informationen sollen Ihnen dabei weiterhelfen.

- Das Buch soll ein Nachschlagewerk mit guten, einfachen Rezeptvorschlägen sein, mit Rezepten, die Sie leicht umsetzen und mit Zutaten, die Sie überall erhalten können.
- Und damit nicht alles so tierisch ernst zugeht, werden auch hier wieder ein Schuss Illustrationen, eine Handvoll Verse, eine Prise Humor und ein Tropfen Ironie serviert.

  „Denn ein kleines Lächeln ist wie das tägliche Kleingeld, ohne dieses kann man im Leben nicht auskommen." (Frei nach H. Rühmann)

Dieses Buch soll ein Gebrauchskochbuch sein - im wahrsten Sinne des Wortes - ein Begleiter und Freund für alle Tage.

Doch Vorsicht, dieses Buch ist lange nicht für alle geeignet. Es richtet sich lediglich an:

Profis und Hobbyköche
Feinschmecker und eilige Esser
Kocheleven und Meisterköche
Hausfrauen und Hausmänner
9 - 99 Jährige ....

Dorothea Haselkamp

PS-Hinweise

Alle Rezepte sind, wenn nicht anders angegeben, für 4 Portionen berechnet.
Der Themenbereich „Gästebewirtung wurde in den Büchern „Was soll ich kochen? Rund ums Jahr" und „Schnelle leichte Küche", ausführlich behandelt und wird darum in diesem Buch nicht angesprochen.

Meine Wünsche für Sie:

Fröhliches Anfangen!
Gutes Gelingen!
Kochvergnügen wie noch nie!
Und reichlich Anerkennung!

Helene

Ja, was kann man oft von
Guten Speisen hören oder lesen,
Wie zum Beispiel hier von diesen,
die im Buche aufgeschrieben.
Ach, so seufzt die gute Lene,
Wenn ich das mal überlege,
Wird mein fertiges Produkt
Nie so gut wie's aufgedruckt.
Drauf so sprach Herr Nachbar Hempel:
Dies ist wieder ein Exempel.
Man sollt' sich stets dazu bequemen,
Den Inhalt ganz genau zu lesen,
Rat und Hinweis zu beachten,
Sorgfältig diese zu betrachten.
Damit man so aus eigener Kraft
Hochgelobte Kochkunst schafft!!!

Also lautet der Beschluss, dass der Mensch was lernen muss

Nicht allein im Schreiben, Lesen,
Übt sich ein vernünftig Wesen,
Sondern auch der Kochkunst Lehren
Muss man mit Vergnügen hören.
Und wie man richtig sich ernährt,
Ist wichtig, dass man es erfährt.
Und kommen Gäste – wie so oft –
Mal eingeladen – unverhofft –

Wie und wo und wann's auch ist,
Zum Abend- oder Mittagstisch,
Zur Suppe oder zartem Braten,
Das Buch hier wird Sie gut beraten.
Und im Dorf hinauf, hinunter,
Lobt man Ihre Kochkunst munter.
Drum so hat in der Gemeinde,
Jedermann Sie gern zum Freunde.

(frei nach W. Busch)

Abwechslungsreiches Essen
ist gesund und fördert
die Lust zum Genießen

Suppen

Wer lange suppt,
lebt lange …

Tips rund um die Suppe

Damit's eine leckere Suppe wird . . .

- Für die Herstellung einer klaren, kräftigen Suppe eignet sich am besten das Fleisch älterer Tiere. Vom Rind sind besonders Brust, Beinscheibe, Rippen, Schwanzstück und Knochen geeignet.
  Das Fleisch jüngerer Tiere enthält weniger Extraktivstoffe.
- Eine besonders feine Brühe erhält man, wenn verschiedene Fleischarten zusammen eingesetzt werden, z. B. Rind- und Hühnerfleisch.
- Setzt man das Fleisch mit kaltem Wasser auf, erhält man eine kräftige Brühe.
- Gibt man das Fleisch in kochendes Wasser, treten weniger Inhaltstoffe aus. Das Fleisch ist geschmacklich besser, aber die Suppe nicht so kräftig.
- Damit die Suppe klar bleibt, schäumt man sie zu Beginn des Kochprozesses ab. Danach lässt man die Suppe nur noch langsam köcheln.

Farb- und Geschmacksverbesserung

Man kann sie durch die Hinzugabe von Gemüse erreichen. Geeignet sind gestiftete Möhren, Sellerie und Porree/Lauch.
Auch einige Pfefferkörner und Wacholderbeeren können der Geschmacksverbesserung dienen. Die gewaschene braune Zwiebelschale kann die Farbe der klaren Suppe verbessern.

Gemüsezugabe

Sie erfolgt nach dem Abschäumen.

Ist das Gemüse gar, nimmt man es mit einem Schaumlöffel aus der Brühe. Damit die „klare" Suppe auch wirklich klar serviert werden kann, schüttet man sie über ein Sieb oder über ein Tuch.

Garen im Dampfdrucktopf

Der Topf wird erst nach dem Abschäumen und der Gemüsezugabe geschlossen und entsprechend reguliert.

Suppenfleisch

Das Fleisch darf in der Brühe nur langsam garen. Starkes Kochen macht die Suppe trübe und das Fleisch hart.

- Zartes Suppenfleisch erhält man, wenn man 1 EL Essig ins Kochwasser gibt. Außerdem wird dadurch die Garzeit verkürzt. Auch etwas Cognac oder Weinbrand verkürzt die Garzeit des Suppenfleisches.

Suppenknochen

Für die Herstellung von Brühen sind

Kalbs-, Rinder-, Lamm-, Geflügel- und Wildknochen geeignet. Will man eine kräftige Brühe erhalten, sind neben Knochen noch Fleischstücke einzusetzen.

- Für die Knochenbrühe werden die zerkleinerten Knochen mit kaltem Wasser, Suppengemüse und Suppengrün aufgestellt. Etwa 2 Stunden langsam köcheln lassen.

Tips zum Abschmecken

Die Suppe wird geschmacklich und farblich kräftiger, wenn man am Ende der Garzeit in Butter geröstete Zwiebelscheiben zur Brühe gibt und danach noch 5 Min. köcheln lässt.

Zum Abrunden des Geschmacks kann man auf 1l Rindfleischsuppe 1-2 TL Rum geben. Oder man gibt auf 1l Suppe 4 EL Rotwein oder 4 EL Sherry.

Zu einer Hühnersuppe schmeckt ein „Hauch" Ingwer und Curry gut.
Man kann auch ein Eckchen Schmelzkäse an die fertige Suppe geben.
Das zerteilte Suppenhuhn kann zur Geschmacksverbesserung vor dem Kochen leicht in Butter angebraten werden.

Lammsuppe

Die fertige Suppe in Suppentassen füllen. Dann gibt man einen dicken Klecks Knoblauchsahne darauf. Sofort servieren!

Kartoffel- und Gemüsesuppen lassen sich mit etwas Meerrettich abrunden.

Zwiebelsuppen, auch Gemüsesuppen kann man mit Zitrone und Weißwein abschmecken.

Tips zum Verfeinern

Mit Eigelb legieren
Das verquirlte Ei mit wenig Suppe verrühren, dann in die fertige Suppe einrühren. Die Suppe darf danach nicht wieder kochen, da sonst das Eigelb ausflockt.

Teigwaren gesondert kochen
Wenn Nudeln, Reis, Grießklöße gesondert gekocht werden, wird eine „klare" Suppe nicht unklar.

Suppe nachdunkeln
Zwiebelscheiben in einer fettfreien Pfanne rösten und zur Suppe geben.

Rindfleischsuppe

500 g vorbereitetes Rindfleisch vom Vorderteil oder Schwanzstück in
1 ½ l Salzwasser geben, bis zum Kochen bringen, dann abschäumen und die Wärmezufuhr verringern.
200 g Suppengrün (Sellerie, Porree, Petersilienwurzel) gebündelt zugeben.
Die Suppe nach halber Kochzeit mit Salz u. etwas Suppenwürze abschmecken. Muß Wasser nachgefüllt werden, nur kochendes einsetzen. Mit
4 EL Sherry kann der Geschmack abgerundet werden. Garzeit: sie beträgt je nach Alter des Tieres 2-3 Stunden.

Hühnersuppe

Bei Verwendung eines tiefgefrorenen Huhnes dieses zunächst auftauen lassen. (Auftauzeit ca. 4-6 Stunden.

1 1/2 l Wasser mit 1 Tl Salz, 4 Pfefferkörnern,
1 Lorbeerblatt in den Topf geben u. bei mäßiger Wärmezufuhr zum Kochen bringen.
1 kleines Suppenhuhn oder 1 Poularde von etwa 1kg in den Topf geben, aufkochen lassen, abschäumen, den Topf schließen, die Wärmezufuhr vermindern und das Suppenhuhn gar köcheln lassen. Das Huhn ist gar, wenn sich die Schenkel leicht ablösen lassen.
Die Suppe wird kräftiger, wenn Suppengemüse gebündelt mitgekocht wird.

Die Suppe mit
Salz, einem „Hauch" Pfeffer, Paprika und
Curry abschmecken.

Schottische Hühnersuppe

1 Suppenhuhn teilen, pfeffern, salzen, von allen Seiten in ca.
75g Butter anbraten.
2 Zwiebeln würfeln, in dem Bratfett goldgelb dünsten, mit
ca 2 1/2 l Wasser auffüllen. Die Suppe zum Kochen bringen, abschäumen und
1 Bund Suppengrün,
1 Muskatblüte und
1 Prise Thymian zur Brühe geben.
Die Suppe köcheln lassen, bis das Fleisch gar ist. Fleisch und Suppengemüse herausnehmen, mit Salz und Pfeffer abschmecken.
10-15 entsteinte, weiche getrocknete
Pflaumen in Butter dünsten und vor dem Servieren in die Suppe geben.

Hühnersuppe mit Gemüse

1 Bund Suppengrün waschen, grob würfeln,
1 küchenfertige Poularde abwaschen, mit
2 Lorbeerblättern, Suppengrün und
5 Pfefferkörnern in
1½ l Salzwasser geben, aufkochen lassen, abschäumen und 1 Stunde garen.
Poularde aus der Brühe nehmen, Brühe durch ein Sieb schütten.
4 Möhren und
1 zarte Kohlrabi fein würfeln.
1 kleine Porreestange in Scheiben schneiden.
Das Gemüse in der Brühe garen lassen.
Die Suppe mit Curry und Pfeffer abschmecken.
Je nach Belieben kann gewürfeltes Poulardenfleisch als Einlage in die Suppe gegeben werden.

Für Eilige-

Instantsuppen mit perönlicher ♪

Gemüsesuppe für Eilige

2 gehackle Zwiebeln in
1 EL Butter goldgelb dünsten.
3/4 l kräftig gewürzte Hühnerbrühe (Instant) zugießen und zum Kochen bringen.
1 Packung Tiefkühlgemüse (Suppen- oder Sommergemüse) nach Vorschrift garen. Mit feingehackter Petersilie,
Saft 1 Knoblauchzehe, Salz und einem „Hauch" Pfeffer abschmecken.

Hühnersuppe mit Käse

1 l Hühnerbrühe (Instant) herstellen.
2 Eckchen Kräuterkäse mit Brühe glatt rühren und zur übrigen Brühe geben.
1 Porreestange in Scheiben schneiden. In der Suppe garen. Mit feingehackter Petersilie anrichten.

Chinesische Selleriesuppe

100 g gekochtes, mageres Schweinefleisch in feine Streifen schneiden. In
40 g Butter anbraten.
2 Stangen in Scheiben geschnittenen Staudensellerie und
1 kl Dose Pilze zufügen.
1 l gut abgeschmeckte Fleischbrühe zugießen. Mit Pfeffer, etwas Zucker,
Salz, Sojasoße und Ingwerpuder abschmecken. Köcheln lassen, bis die Sellerie gar ist.

Bouillon mit Rotwein oder Sherry

1 l Bouillon (Instant) herstellen.
4 EL Rotwein oder Sherry zufügen.
Suppeneinlage Ihrer Wahl herstellen, in die Suppe geben. Mit feingehackter Petersilie anrichten.

Suppeneinlagen

für

pikante, klare Suppen

Gemüse

a) frisches Gemüse

- Porree- und Zwiebelringe
- Sellerie-, Möhren- und Kohlrabiwürfel oder Stifte
- Spargelstücke
- Blumenkohlröschen
- Weißkohlstreifen
- Pilze ganz oder in Scheiben geschnitten.

Das kleingeschnittene Gemüse in der abgeschmeckten Suppe garen.

b) tiefgekühltes Gemüse

Das Gemüse in gefrorenem Zustand in die Suppe geben, garen lassen.

Fleisch

- gekochtes, gewürfeltes Fleisch
- kleine Klößchen aus einer Bratwurst drücken.

Rezepte mit Ei im Überblick

- Eiereinlauf
- Eierschaum
- Eierstich
- Brandteigklößchen
- Grießklößchen

Rezepte

Eiereinlauf

2 Eier, 1 gestr. TL Mehl, je 1 Prise Salz u. Muskat
Die Zutaten verquirlen und langsam in die heiße, nicht kochende Brühe einlaufen lassen.

Eierschaum

2 Eiklar mit 1 Pr Salz zu festem Schnee schlagen.
2 Eigelb, 2 TL Mehl, Muskat
unter den Eischnee heben und vorsichtig auf die heiße, nicht mehr kochende Suppe geben. Bei geschlossenem Topf garziehen lassen, mit einem Schaumlöffel abheben und schneiden.

Eierstich

2 Eier, 1 Pr. Salz und 2 EL Milch verrühren, (nicht schaumig schlagen!) in ein eingefettetes Gefäß füllen. Auf dem Wasserbad 10 - 20 Minuten gar ziehen lassen, nicht kochen, sonst wird die Masse porös. In Würfel schneiden.

In manchen Rezepten wird noch Muskat angegeben. Muskat setzt sich jedoch leicht ab. Man kann darum besser 1 kleine Prise Muskat in die Suppe geben.

Brandteigklößchen

60 g Margarine mit 1/8 l Brühe in einem Topf erhitzen.

90 g Mehl unter Schlagen hinzufügen, aufkochen lassen, bis sich die Masse vom Topfboden löst. Topf vom Herd nehmen. Nacheinander

2 Eier zu der Teigmasse geben, verschlagen, Klößchen abstechen und in der Suppe gar ziehen lassen.

Grießklöße

1/8 l Milch
1 TL Margarine (ca. 15 g)
Salz, Muskat
Die Zutaten in einen Topf geben und aufkochen lassen.
65 g Grieß unter Rühren einstreuen. Aufkochen lassen und ca. 5 Min. langsam köcheln lassen, dann von der Platte nehmen.
1 Ei unterrühren.
Mit angefeuchteten Händen oder mit 2 TL, die man immer wieder in heißes Wasser taucht, aus der Masse kleine Klößchen formen. In der heißen Suppe gar ziehen lassen.

Abänderungen der Rezepte

In den Eierteigen gehackte Kräuter, Schinkenwürfel oder Käse geben.
Sind die hergestellten Mengen für den sofortigen Verbrauch zu groß, können sie eingefroren werden.
Grießklöße kann man auch separat gar ziehen lassen. Die Suppe bleibt dann klarer.

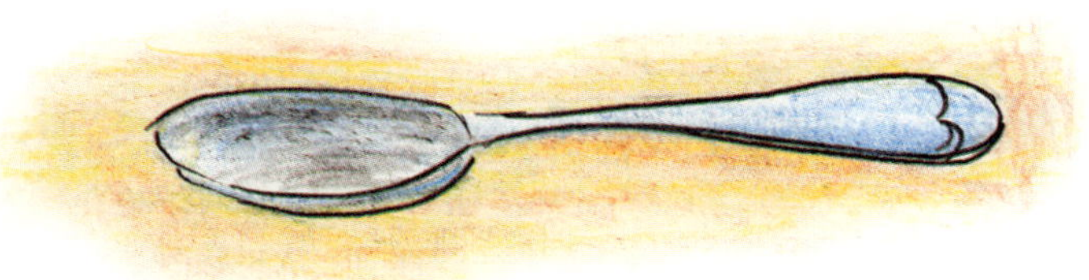

Die feine gebundene Suppe

lässt sich gut vorbereiten.

Sie ist gehaltvoller und sättigender als die klare Suppe. Zusammen mit etwas Brot kann die gebundene Suppe als abendlicher Imbiß gereicht werden und ersetzt eine Hauptmahlzeit, wenn es schnell gehen muss.

Grundrezept

1l	Wasser mit ein wenig Salz zum Kochen bringen
400g	vorbereitetes Gemüse zufügen, köcheln lassen, bis es bißfest ist. Abschütten, Gemüsewasser auffangen.

Mehlschwitze

30g	Butter oder Margarine in einem Topf erhitzen.
1	gehackte Zwiebel darin goldgelb dünsten.
30g	Mehl zufügen, anschwitzen. 1l Gemüsewasser unter kräftigem Rühren zugießen. ca 8 Minuten leicht köcheln lassen. Mit etwas Suppenwürze abschmecken. Gemüse als Einlage zugeben.

Geflügelcreme - Suppe

Eine Mehlschwitze lt. Grundrezept bereiten

1 l Geflügelbrühe wie im Grundrezept angegeben, zufügen. Mit etwas Curry abschmecken.

Variations- und Verfeinerungsmöglichkeiten

- Mit saurer, süßer Sahne oder mit Crème fraîche abschmecken,
- mit Kräuterschmelzkäse geschmacklich abrunden,
- mit einem Eigelb legieren.
- Gemüse, wie Blumenkohlröschen, zarte Kohlrabiwürfel, Spargelstückchen, gedünstete Champignons, Brokkoli oder zerkleinerte Artischockenherzen, gegart als Einlage zur Suppe geben.
- Man kann auch Sahnetupfer auf die fertigen Suppenportionen setzen und mit gehackter Petersilie überstreuen.

Blumenkohl-Creme-Suppe

1 Kopf Blumenkohl (ca. 500g) in Röschen teilen, waschen,

1l Gemüsebrühe (Instant) zum Kochen bringen. Röschen in der Brühe in 10 Min. bißfest garen. Einige Röschen u. 1/4l Blumenkohlwasser zur Seite stellen. Übrige Röschen in der restlichen Brühe pürieren. Eine helle Mehlschwitze aus

1 Zwiebel, 40g Butter u. 1 El Mehl bereiten, mit Blumenkohlwasser löschen, Blumenkohlpüree zufügen. 5 Min. unter Rühren köcheln lassen. Übrige Röschen darin erhitzen. Suppe mit

Salz und Curry abschmecken.

150g Schlagsahne oder Schmand unterrühren. Mit gehackter Petersilie und Curry überstreuen, bzw. überpudern.

Champignonsuppe

350 g Pilze zerkleinern, in
40 g Butter etwa 5 Min. dünsten. Mit
30 g Mehl überstäuben, unterrühren.
1 l Fleischbrühe (Instant) zufügen, 8-10 Min. köcheln lassen. Mit Thymian,
Salz, Pfeffer, 2 EL Schmand oder Crème fraîche würzen und verfeinern. Feingehackte Petersilie darüber streuen, mit gerösteten Brotwürfeln servieren. Die Suppe kann auch mit 2 EL Wein abgeschmeckt werden.

Pilzsuppe mit Kerbel

Eine Mehlschwitze herstellen. Mit
1 l Hühnerbrühe (Instant) auffüllen.
300 g frische, zerkleinerte und gedünstete Pilze zugeben. Mit Schmand, Zitronensaft, Pfeffer, Salz u. reichlich Kerbel abschmecken.

Käsesuppe mit Lauchringen

300 g Lauch in sehr feine Ringe schneiden.
20 g Butter in einer Pfanne erhitzen.
Die Lauchringe darin andünsten. Saft
1 Knoblauchzehe dazu pressen. Aus
20 g Butter und 20 g Mehl eine Schwitze bereiten, mit
1 l Rindfleischbrühe (Instant) auffüllen, garen.
120 g geriebenen Emmentaler Käse darin schmelzen lassen.
1/8 l Schlagsahne kurz schlagen, in die Suppe geben und verrühren. Die Lauchringe zur Suppe geben, mit Salz und Pfeffer abschmecken.

Je nach Belieben kann die Suppe mit 250 g gebratenem Hackfleisch ergänzt werden.

Käsesuppe leicht beschwipst

Aus 30 g Butter, 1 geh. Zwiebel und 30 g Mehl
eine Mehlschwitze bereiten. Mit
3/4 l Hühnerbrühe (Instant) auffüllen, köcheln lassen.
200 g Kräuterschmelzkäse zufügen und mit dem Schneebesen verschlagen.
1/4 l Weißwein und
1 kleiner Becher Crème fraiche unter die Suppe schlagen. Die Suppe mit
Salz, Pfeffer und Sojasoße abschmecken. Mit
Petersilie bestreut servieren.

Pikante Currysuppe

125g	Kokosraspeln in eine Schüssel geben. Je
1/8l	Milch und Wasser aufkochen, über die Kokosraspeln gießen u. 20 Min. ziehen lassen. Danach ein Sieb mit einem Tuch auslegen, Kokosraspeln über das Sieb schütten und kräftig ausdrücken.
2	Stangen Lauch und
2	Zwiebeln in feine Ringe und
400g	mageres Schweinefleisch in feine Streifen schneiden. Fleisch rundherum in
60g	Butter anbraten. Lauchringe u. Zwiebeln zufügen, andünsten, mit reichlich
Curry	und Salz u. Pfeffer würzen, mit
3/4l	Hühnerbrühe (Instant) ablöschen. Kokosmilch mit 40g Stärke anrühren u. in die Suppe einrühren. Köcheln lassen.
150ml	Sahne, Schmand o. Crème fraîche unterziehen.

Suppeneinlagen für gebundene Suppen

1. Gemüse als Suppeneinlage

Spargelstückchen, Blumenkohl- und Brokkoliröschen, Lauch- und Zwiebelringe, feine Kohlrabi- und Möhrenwürfel, Pilze, gehackte Petersilie.

2. Fleisch als Suppeneinlage

gekochtes, in Würfel geschittenes Fleisch, Hackfleischklößchen, gebratenes Hackfleisch, in Streifen geschnittene Fleischwurst.

3. Teigwaren als Suppeneilage

Croutons - sie werden separat zur Suppe

gereicht oder unmittelbar vor dem Servieren über die Suppe gestreut.

Blätterteigstangen, im Handel erhältlich, werden separat zur Suppe gereicht.

Blatterteigtaler passen besonders gut zu Käse- und Tomatensuppen. Hierfür wird der Blätterteig 2 cm dick ausgerollt, runde Taler ausgestochen, mit Ei bepinselt, mit Sesamkörnern bestreut und bei 200°C goldbraun abgebacken. Vor dem Servieren werden die Blätterteigtaler auf die Suppe gesetzt.

Baguette- oder halbierte Toastbrotscheiben mit geschnittenem würzigem Käse belegen. Suppe in Tassen oder auf Teller füllen, Käsebrot auflegen und kurz im Grill oder bei Oberhitze gratinieren. Nach Belieben mit feinen Gemüsestreifen, Kerbel- oder Petersilienblättchen garnieren.

Käsekrusteln

2 mittelgroße Kartoffeln raspeln, gut ausdrücken mit 100 g geraspeltem Gouda und
1 Eigelb mischen. Mit Salz, Pfeffer und Muskat würzen. Von dem Teig in einer Pfanne kleine Krusteln braten. Vor dem Servieren auf die Suppe setzen. Passt zu einer Kartoffelsuppe und anderen herzhaft gebundenen Suppen.

Wir wünschen
eine gemüsestarke
Gesundheit!

Gemüse,
Ges. Essen
Symbol
des gesunden
Essens

Der Wert des Gemüses

Es sind nicht die Hauptnährstoffe, Eiweiß, Fett und Kohlenhydrate, die den gesundheitlichen Wert des Gemüses ausmachen. Diese kommen nur in geringen Mengen vor.

Der Eiweißgehalt liegt beim Gemüse, bis auf wenigen Ausnahmen, zwischen 1 und 2%, der Kohlenhydratanteil zwischen 2 und 4%, und Fett ist nur in Spuren enthalten.
Ein großer Energieträger ist das Gemüse also nicht.
Beim Gemüse ist es der Gehalt an Vitaminen, Mineralstoffen, Spurenelementen, organischen Säuren, Aromastoffen und nicht zuletzt der Gehalt an unverdaulichen Ballaststoffen, der den ernährungsphysiologischen, also den gesundheitlichen Wert des Gemüses ausmacht.

Blattgemüse

Kopfsalat und Co..., das sind Eisbergsalat, Chicoree, Endivien, Feldsalat (Rapunzel) Fenchel, Kresse, Mangold, Petersilie, Spinat.

Blattgemüse ist Salatgemüse – frisch, jung, knackig. „Und viele Götter leben im Salate!" sagte der Schriftsteller Zuckmayer zu seiner Zeit. Die Fülle der Vitamine und Mineralstoffe sind die gesundheitsbringenden Kräfte des Salates.

Es ist der Ausgangspunkt der gesunden Frischkost, in der alles drin bleibt, was drin ist.

Ihr Steckbrief

- Salatgemüse ist wie alle Gemüsearten kaliumreich und natriumarm. Es wirkt darum entwässernd.
- Es verfügt über einen hohen Gehalt an Eisen und Magnesium, an
- den Vitaminen A und C.
- Relativ hoch ist der Ballaststoffgehalt.
- Der Wassergehalt liegt zwischen 80 und 94%.

„Star" unter den Blattgemüsen ist die Petersilie. Sie erreicht Spitzenwerte beim Kalium und bei den Vitaminen A und C. Zudem wirkt die Petersilie appetitanregend, verdauungsfördernd und harntreibend.

Besonderheiten

Vom Blattgemüse sollten die äußeren grünen Blätter und Rippen nicht mitverwertet werden, da sie einen hohen Nitratgehalt besitzen. Auch sollte man im Winter auf den Verzehr von zartem Kopfsalat verzichten. Zu dieser Zeit kommt nur Treibhaussalat auf den Markt, und der besitzt einen wesentlich höheren Nitratgehalt als Freilandkopfsalat.

Spinat: Trotz des hohen Vitamin-, Eisen- und Calciumgehaltes sollte der Spinat für unsere Ernährung nicht überbewertet werden. Säuglingen sollte man während der ersten 6 Lebensmonate keinen Spinat geben. Spinat nicht wieder aufwärmen !!!

W. Busch

Und wie man
richtig sich ernährt,
ist wichtig, dass
man es erfährt...

Wert der Rohkost

Alle Inhaltstoffe des Gemüses und die natürliche Frische bleiben erhalten.

- Das Gesamtvolumen und der Sättigungswert sind bei der Rohkost größer als beim gegarten Gemüse.
- Der Energiegehalt ist niedriger, da die Ausnutzbarkeit geringer ist.
- Der erhöhte Zellulaseanteil führt zu einer besseren Verdauung. (Wichtig bei Darmträgheit)

- Rohkost ist jedoch relativ schwer verdaulich. Besonders Rohkostsalate aus Kohlgemüsen können Blähungen und Durchfall hervorrufen.
Ein Zuviel wirkt sich vor allem bei älteren Menschen negativ aus.

Tips für die Praxis

So hält sich der Salat länger.
Empfindlicher grüner Salat kann in einer verschließbaren Dose im Kühlschrank einige Tage aufbewahrt werden, ohne dass er welkt.

Salatgemüse immer in stehendem, kaltem Wasser gründlich waschen. Niemals drücken! Das Zellgewebe ist sehr empfindlich.

Salat, der ein paar Tage alt ist, höchstens 1/4 Stunde in kaltem Wasser auffrischen. Nach dem Erfrischungsbad die Blätter lose in ein Tuch schlagen. So bleiben sie mehrere Stunden frisch und knackig.

Will man den Salat für einige Tage aufbewahren, so dürfen die äußeren gelben Blätter nicht vorzeitig entfernt werden. Sie schützen die Herzblätter.

Anrichten

Grundsätzlich gilt, je zarter das Blattgemüse, desto geringer die Zeit des Durchziehens.
Um ein schnelles Zusammenfallen zu verhindern, können das Salatgemüse und die Salatsoße getrennt serviert werden.
Oder man gibt die Soße löffelweise über den Salat und verzichtet auf das Unterheben.
Salate aus gegartem Gemüse schmecken besser, wenn man sie mehrere Stunden durchziehen lässt.

Beliebte Salatsoßen

Vinaigrette

Sie passt zu allen Blatt- und Gemüsesalaten, aber auch zu Salaten mit Fisch, Fleisch oder Käse.

Grundrezept

2 EL Wein- oder Kräuteressig, 1/2 TL Senf, Salz, Pfeffer und 2 EL Weißwein werden so lange gerührt, bis sich das Salz gelöst hat. Danach

5 EL Öl zugeben und so lange weiterschlagen, bis eine cremige Masse entstanden ist. Dann feingewiegte Salatkräuter, gehackte Zwiebeln, in Würfel geschnittene Gewürzgürkchen oder Kapern hinzufügen.

Je nach Belieben kann 1 Pr. Zucker zugegeben werden.

2. Grüne Kräutersoße

150 g Schmand,
2 EL Remoulade,
3 EL feingewiegte Salatkräuter,
1 gehackte Zwiebel,
3 - 4 in Würfel geschn. Essiggürkchen,
½ - 1 EL pürierter Spinat.

Alle Zutaten verrühren. Mit Salz, Pfeffer, Gurkenessig und Sahne abschmecken. Passt zu Blatt- und Gemüsesalaten. Bei Kartoffelsalaten verzichtet man auf die Spinatzugabe.

3. French Dressing

4 EL Remoulade o. Mayonnaise o.
4 EL Crème fraîche, mit
3 EL süßer Sahne glattrühren.
1 TL Kräutersenf, einige Spritzer Worcestersauce, Saft von 1 Knoblauchzehe zugeben. Mit Salz, Pfeffer und Zucker abschmecken. Passt zu Blatt-, Gemüse- und Wurstsalaten.

4. Schinken-Schnittlauch-Soße

1 Becher Schmand, 2 EL Mayonnaise, 5 EL Schnittlauchröllchen, 100 g in Würfel geschnittenen mageren Schinken. Alle Zutaten mischen. Mit Salz, Pfeffer und Zucker abschmecken. Passt zu Blatt-, Gemüse- und Kartoffelsalaten.

5 Gorgonzola-Soße

125 g Gorgonzola (milder Blauschimmelkäse) mit einer Gabel zerdrücken.
3 EL Crème fraîche,
3 EL Sahne, 2 EL Sherry,
1 EL Zitronensaft zugeben, mischen. Mit Salz und Pfeffer abschmecken. Passt zu allen Blattsalaten, besonders gut, wenn diese mit Obst oder Hühnerfleisch gemischt werden.

6 Käsesoße

100 g Doppelrahmfrischkäse,
150 g Joghurt,
1/2-1 TL Curry,
2 EL Zitronensaft,
Salz, Pfeffer.
Aus den angegebenen Zutaten eine Soße bereiten. Schmeckt zu allen grünen Blattsalaten, Chicorée, besonders, wenn sie mit Obst oder Geflügelfleisch gemischt werden.

7 American-Dressing

4 EL Mayonnaise, 2-3 EL Ketchup,
2-3 EL Tomatenmark, 2 El Sahne,
2 EL Sherry, 1 EL Zitronensaft.
Alle Zutaten verrühren, mit Salz, Pfeffer, Zucker u. Tabasco abschmecken. Schmeckt zu festeren Blattsalaten, zu Gemüse-, Fisch- und gemischten Salaten, aber auch zu allen exotischen Salaten.

8. Kiwisoße

2 Kiwis schälen, in grobe Stücke schneiden, pürieren, evtl. durch ein Sieb streichen.
2 EL Sherry, 1 EL Öl,
1 EL Zitronensaft zugeben und verrühren.
1 Eigelb mit 4 EL Crème fraiche zugeben, Soße schaumig rühren. Mit
Salz, Zucker, Cayennepfeffer abschmecken.
Die Soße passt zu allen pikanten Salaten, die Obst enthalten.

9. Soße für Kartoffelsalat

4 EL Mayonnaise,
200 ml Schmand,
5 EL Gewürzgurkenlake,
1 Bd Schnittlauch,
1 Tl Senf.
Die Zutaten mischen.
Mit gehackten oder gew. Gewürzgürkchen, Salz, Pfeffer und Zucker abschmecken. Den Kartoffelsalat anmachen und gut durchziehen lassen.

10. Soße für Nudelsalat

150 g Joghurt, 3 EL Remouladensoße,
1 EL Öl, 1 EL gehackte Petersilie,
1 Tl Senf, Pfeffer, Salz.
Aus den angegebenen Zutaten eine Salatsoße herstellen, mit den Salatzutaten mischen, gut durchziehen lassen.

11. Sahnesoße

200 ml süße Sahne mit 2 EL Himbeeressig, Pfeffer, Salz und etwas Zucker gut verrühren. Danach mit 1 EL Remoulade und 1 EL gehackte Petersilie verrühren. Die Soße schmeckt zu grünen Blattsalaten und Chicorée, allein oder gemischt mit Obst, Schinken oder Käse.

12. Saure-Sahne-Soße

200 ml saure Sahne oder Crème fraîche, Pfeffer, Salz, 2 EL Obstessig, 1 EL Honig.
Die Zutaten verrühren. Die Soße passt zu Frischkostsalaten z. B. Rote Bete, Rot- und Weißkohl und zu grünen Blattsalaten.

13. Joghurtsoße

150 g Joghurt, 3 EL Zitronensaft, 2 TL Honig, Salz, Pfeffer, 2 EL Öl, 1 EL geh. Kräuter.
Alles verrühren. Die Soße harmoniert mit fast allen Salaten.

Grüner Kopfsalat

Den gewaschenen Salat in mundgerechte Stücke zupfen. Wahlweise kann er allein oder zusammen mit Obst oder Gemüse serviert werden.
Zu Kopfsalat schmeckt sehr gut eine Sahnesoße.

Da der Kopfsalat fast geschmacksneutral ist, kann man ihn mit jeder beliebigen Salatsoße anmachen, oder man reicht die Salatsoße separat dazu.
Mischen lässt sich der Salat mit Ananasstückchen, Mandarinenspalten, mit Tomaten- und Eischeiben.

Eisbergsalat

Er ist knackiger und ergiebiger als der Kopfsalat. Gern wird er mit einer pikanten Soße als Vorspeise gereicht.

Zubereitung:

Der Salatkopf wird gewaschen, geviertelt, dann in Streifen zerteilt. Er lässt sich mit jeder Salatsoße anmachen.
Je nach Belieben kann man ihn mit Ananas, Äpfeln, Bananen, Orangen, Pfirsichen; mit Tomaten, Gurken, Avocado, Zucchini, Spargel; mit Geflügelfleisch, gek. Schinken, mit gek. Eiern, mit Fisch und Croutons mischen.

Gemischter grüner Salat

1 Kopfsalat oder 1 Lollo Rosso in mundgerechte Stücke teilen.
250 g Cocktailtomaten halbieren,
200 g frische Champignons blätterig schneiden, mit dem Saft
1/2 Zitrone beträufeln.
1/2 Gemüsezwiebel in sehr feine Scheiben und
2 Scheiben gekochten Schinken in Streifen schneiden.

Marinade

4 EL Himbeeressig oder Balsamico Essig, Salz, Pfeffer, Zucker und 1 TL Senf verrühren.
5 EL Öl unterschlagen.
Die Marinade erst vor dem Servieren über den Salat ziehen und mit
1 L Sonnenblumenkerne bestreuen.

Frischkost mit Käse

100 g Feldsalat, Eisberg- oder Endiviensalat vorbereiten.
1 kleine Dose Mandarinen abtropfen lassen.
1-2 Stangen Sellerie in sehr feine Scheibchen u.
1-2 Porreestangen in feine Ringe schneiden.
100 g Emmentaler Käse würfeln.

Eine Platte oder Schale mit Salat auslegen. Die anderen Zutaten mischen. Diese Frischkost lässt sich sehr gut mit der Soße French- oder American-Dressing, Seite 45 und 46, anmachen.

Den Salat vor dem Servieren auf den grünen Blattsalat füllen.

Feldsalat mit Croutons

Feldsalat, auch Rapunzel oder Ackersalat genannt, ist ein gesunder Herbst und Wintersalat.

400g Feldsalat verlesen, waschen, trockenschleudern.
2-3 Scheiben Toastbrot entrinden u. würfeln.
40g Butterschmalz in einer Pfanne erhitzen.
Die Brotwürfel und
1 gehackte Knoblauchzehe darin goldbraun rösten.

Marinade:

6 EL Rindfleischbrühe, 3 EL Kräuteressig, etwas Salz, Pfeffer und Senf verrühren. 4 EL Öl langsam zugeben u. verschlagen, mit
2-3 EL Schnittlauchröllchen verrühren.

Feldsalat auf einer Platte anrichten, mit Marinade beträufeln, Croutons darauf verteilen. Der angerichtete Salat kann wahlweise mit Ei und Tomaten garniert werden.

Serviervorschlag: Als appetitanregende Rohkost vor dem Hauptgericht oder als leichter Salat zu Wild-, Schweine- u. Rindfleisch servieren.

Endivien - oder Römischer Salat

mit Käse

1 Staude Römischer-Salat oder
1 Kopf Endivie. Blätter in Streifen schneiden, waschen, gut abtropfen lassen.
100g Gorgonzola in Würfel und
150g Schnittkäse in hauchdünne Scheibchen hobeln.

Vinaigrette: Siehe Seite 44.

Salat und Käse vermischen, in eine Schüssel oder auf eine Platte geben, und die klare Salatsoße darüber ziehen.

Variationen: Gorgonzola kann durch Emmentaler ausgetauscht werden.
Statt der Vinaigrette kann eine Soße Ihrer Wahl separat dazu gereicht werden.
Siehe hierzu die Soßen auf Seite 45-48.

Gemischter Wintersalat

1-2 Radicchioköpfe in mundgerechte Stücke zerteilen.
1 Fenchelknolle,
1 grüne Paprikaschote,
½-1 Gemüsezwiebel in feine Streifen und
1 Selleriestengel in dünne Scheibchen schneiden.
Je nach Belieben noch etwas Feldsalat oder anderen grünen Salat der Saison zufügen. Die Salatzutaten mischen.

Vinaigrette:
Saft 1 Zitrone und 1 Orange, 1 Tl Senf, Pfeffer und Salz gut verrühren. 4-5 EL Öl unterschlagen. Nach Belieben 1 Pr Curry zufügen.

Variation: Wenn ein Salatgemüse nicht vorhanden ist, kann es ausgetauscht werden mit in Zitronensaft gewendete Champignons, Tomaten, Grapefruit, Litchis.

Aus der Rätselecke

Das Erste frisst, das Zweite isst,
das Dritte wird getressen,
das Ganze wird gegessen.

Sau-er-Kraut

◆◆◆◆◆◆

Nicht rätselhaft ist die Zubereitung des

Sauerkrautsalates

400 g mildes Sauerkraut,
3 Ananasringe in Stückchen,
1-2 Äpfel in Stifte schneiden,
1 Handvoll Rosinen.

Soße:

4 EL Mayonaise mit 1 EL Zitronensaft und
4 EL Ananassaft verrühren.
Die Soße mit den Salatzutaten gut durchmischen und etwas durchziehen lassen.

Statt Rosinen können Sonnenblumenkerne eingesetzt werden.

Chicorée

Dieses kolbenförmige, weiße Gemüse besteht aus dichtgewickelten Blättern und bereichert im Winter unseren Speiseplan.

Beim Einkauf beachten

Die Kolben dürfen keine Flecken und bräunliche Stellen aufweisen. Lockere Kolben sind alt.

In Kunststoffbeuteln aufbewahrt, sind sie etwa 1 Woche im Gemüsefach des Kühlschrankes haltbar.

Vorbereitungsarbeiten:

- Es empfiehlt sich, den bitteren Keil am unteren Ende kegelförmig herauszuschneiden.
- Chicorée bleibt hell, wenn man ihn nach dem Schneiden sofort mit Zitronensaft beträufelt.

Chicorèe besitzt einen aromatischen, leicht bitteren Geschmack. Er ist appetitanregend, leicht verdaulich und wird gern als Vorspeise gereicht.

Gemischter Chicorèesalat

400g Chicorèe längs halbieren, den Keil herausschneiden, in Streifen schneiden, mit Zitronensaft beträufeln.
300g Weintrauben halbieren, entkernen.
200g gek. Schinken und
200g Emmentaler in Streifen schneiden.

Variationen der Salatzutaten

Jeweils 400g Chicorèe mit 8-10 Aprikosenhälften, 2 in Würfel geschnittenen Äpfeln und Schinken oder Käse mischen.
Oder Chicorèe mit 4 Kiwis, 1 Apfel, Schinken o. Käse mischen.
Oder Chicorèe mit 2 großen Ananasscheiben, 2 Äpfeln u. 200g gek. Schinken mischen.

Soßen: Es passen American-Dressing, S. 46, Kiwisoße, S. 47; Sahne-Soße, S. 48.

Zwiebelsalat

mit Fleisch u. Schafskäse

Ca 350g rote o. Gemüsezwiebeln in dünne Scheiben schneiden, zu
1 Tasse Flüssigkeit - 1/2 Essig, 1/2 Wasser - 1 Pr. Salz und Zucker geben, zum Kochen bringen, erkalten lassen, dann über ein Sieb schütten.
4-6 Essiggürkchen in Stifte und
200g Kasseler in Würfel schneiden.
100g Schafskäse grob zerbröckeln. Die Zutaten mit den abgetropften Zwiebeln mischen.
Mit einer Vinaigrette S. 44, oder Amercan-Dressing S. 46, anmachen.

<u>Variation:</u> Die überbrühten Zwiebeln mit Mandarinenspalten mischen u. American Dressing anmachen.

Spinat mit Preiselbeersoße

400 g frischen zarten Spinat, möglichst kleine Blätter.

Soße:
4 EL Sahne, 2 EL Preiselbeerkompott,
1 EL Zitronensaft, Schnittlauch, Petersilie oder
1 EL Estragon, 1 EL Kerbel.
Die Zutaten verrühren, zum Spinat geben und locker mischen.

Spinat mit Radieschen und Zwiebeln

200 g frische zarte Spinatblätter,
200 g Radieschen in feine Scheiben hobeln,
2 EL Schnittlauch,
1 rote Zwiebel hacken.
Die Zutaten kurz vor dem Servieren mit einer Vinaigrette, Seite 44, mischen.

Bei Tomaten und Paprika

sind der Phantasie keine Grenzen gesetzt.

Sie schmecken immer — allein und in Gesellschaft.
Tomaten und Paprika lassen sich mit allen grünen Salaten mischen, sie schmecken zu Zwiebeln, Gurken, Pilzen, Mais, Kidneybohnen, Sellerie, Zucchini, Avocado, Fenchel. Man kann sie mit Kartoffeln, Eiern, Fisch und Fleisch zusammenbringen.

Die Paprika harmoniert zudem noch mit Obst.
Beliebte Obstarten zum Mischen sind Orangen, Grapefruit, Ananas und Äpfel.

Salatsoßen

Eine Vinaigrette, Seite 44, passt zu allen Kombinationen. Je nach Belieben können auch cremige Soßen eingesetzt werden, z. B. eine Kräuter- oder Schnittlauchsoße, Seite 45, oder man setzt eine Meerrettichsoße ein.

Meerrettichsoße

100 g Salatmayonnaise, 150 g saure Sahne,
2 EL Zitronensaft, 2 TL geriebener Meerrettich,
Salz, Zucker, 1 EL feingehackter Dill -
evtl. Dillzweige.

Damit das farbenfrohe Bild der Frischgemüse nicht verloren geht, werden cremige Soßen gerne separat zum Salat gereicht, oder man überzieht sie mit etwas Soße, ohne den Salat darin zu wenden.

Salate aus und mit gegartem Gemüse

Außer Blattsalate Gurken und Tomaten können fast alle Gemüse in gegartem Zustand zu einem Salat verarbeitet werden.

Vorteile der gegarten Salate:

- Durch das Garen werden sie weich und bekömmlich.
- Sie können einen Tag vor dem Verzehr zubereitet werden und in der Soße ziehen.
- Salatplatten können ohne Hektik angerichtet und serviert werden.
- Die Einseitigkeit der Wintergemüse wird um eine Variante erweitert.

Verluste, die durch Garen und Aufbewahrung entstehen, können zum Teil ausgeglichen werden.
Petersilie, Schnittlauch, Zwiebeln und andere frische Küchenkräuter, frisch ausgepreßte Zitronen- und Orangensäfte sind wertvolle Vitaminspender und reichern die Salate mit Mineralstoffen und Spurenelementen an.
Zudem kann vor dem Servieren etwas Rohkost zu den durchgezogenen Salaten mit gegartem Gemüse gegeben werden.

Bei Salaten aus vorwiegend gegarten Zutaten, die Gemüse noch warm mit der Salatsoße mischen, der Geschmack zieht besser durch.

Gemüsesalat

1 Packung tiefgekühlte
oder frische Erbsen kochen, abschrecken,
über ein Sieb schütten.
1/2 - 1 Kopf Blumenkohl in Röschen zerpflücken,
nicht zu weich kochen, abtropfen lassen.
1 kl. Dose Prinzeßböhnchen und
1 kl. Dose Mandarinen über ein Sieb schütten.
Salatsoße French - Dressing, s. Seite 45,
herstellen, mit den abgetropften Salatzutaten
mischen, durchziehen lassen.

Blumenkohlsalat

Blumenkohlkopf in Röschen zerteilen, nicht zu weich kochen. Eine Schale mit grünem Salat auslegen, Blumenkohl darauf füllen. Dazu passen die Soßen auf den Seiten 45-48.

Variationen mit Knollensellerie

Waldorfsalat

1 kl. Sellerieknolle kochen, schälen, raffeln, oder 1 Glas Sellerie grob geraffelt über ein Sieb schütten.

250 g Äpfel schälen und raffeln, mit
50 g gehackten Nüssen mischen.

Salatsoße:

125 g Mayonnaise mit 2 EL Zitronensaft verrühren.
1 Pr. Zucker und etwas Salz zugeben, abschmecken. Salat kalt stellen und durchziehen lassen. Evtl. etwas Sahne zugeben.

Variationen:

- Das Rezept kann um um 150-200g gekochten, in Streifen geschnittenen Schinken eweitert werden.

- Zum Sellerie 150g gekochtes Geflügelfleisch, 1 Apfel, 1 Banane u. 2 Orangen geben, mit Curry abschmecken.
- Den Waldorfsalat mit einer roh geraspelten Kohlrabiknolle anreichern.

Selleriesalat mit Früchten

3 EL Sellerie aus dem Glas, geraffelt,
1/2 rohe Sellerieknolle raspeln,
1/2-1 Apfel würfeln. Je
1 Apfelsine und 1 Grapefruit grob schälen, in Scheiben schneiden und diese vierteln.
2-3 Scheiben Ananas in Stücken schneiden.

Salatsoße: siehe Waldorfsalat.

Tip: Zuerst die Soße bereitstellen, damit die rohen Salatzutaten sofort damit vermischt werden können und nicht dunkel werden.
Mit gehackten Nüssen bestreuen.

Schwarzwurzelsalat

a la Irene

1 Glas Schwarzwurzel und
1 kl. Dose Mandarinen auf ein Sieb schütten und abtropfen lassen,
Schwarzwurzeln in 2-3cm lange Stücke schneiden.
300g Hähnchen - oder Putenfleisch, gebraten, würfeln.
200g dunkle Weintrauben halbieren und entkernen.
Ca150g Cremè-fraîche zugeben.
Salatzutaten und Crème-fraîche locker mischen. Mit
Curry und etwas Petersilie abschmecken.

Brokkoli - Salat

Ca. 800g	Brokkoli in Röschen teilen und bißfest kochen, über ein Sieb schütten und abtropfen lassen.
2	hartgekochte Eier in Scheiben und
ca. 300g	gekochten Schinken in Würfel schneiden.
1 kl.	Dose Mandarinen abtropfen lassen.

Mandarinen mit dem Brokkoli mischen, die Hälfte von diesem Gemisch in eine Glasschüssel füllen, die Eischeiben darüber legen, die Schinkenwürfel über die Eischeiben streuen und den Rest Brokkoli darauf füllen.
Mit einer Salatsoße überziehen. Hierzu passen die Soßen Nr. 3, 5, 6 und 7 auf Seite 45/46.
Garnitur: Schinkenscheibenröllchen, Eischeiben.

Sommersalat

1 Banane in Scheiben schneiden,
1 kl Dose Mandarinen und
1 kl Dose Ananas abtropfen lassen, Ananas in schmale Stückchen schneiden.
100g grüne oder blaue Weintrauben entkernen.
200g gekochten Spargel in Stückchen schneiden.
Alle Zutaten locker mischen.
1 Kopf Eisbergsalat verzehrgerecht vorbereiten.

Salatsoße:

3 EL Salat-mayonnaise mit
3 EL Zitronen- oder Ananassaft verrühren, mit Salz, Pfeffer, 1 Pr. Zucker u. 1 EL Schnittlauch abschmecken. Durchziehen lassen.
Vor dem Anrichten den Eisbergsalat unterheben oder die Schale damit auslegen.

Serviervorschlag: Er kann als Cocktailsalat, aber auch zu Fleischspeisen gereicht werden.

Pfirsichsalat

6 Pfirsichhälften aus der Dose abtropfen lassen, in Schnitzel schneiden.
1 reife Birne schälen, würfeln, mit
1 EL Zitronensaft beträufeln
1-2 Kiwis schälen, halbieren, in Scheiben schneiden
125 g gekochten Schinken würfeln.
Die Zutaten mischen. In eine Schale oder in Portionsgefäße füllen, mit leicht gerösteten gehackten Haselnüssen oder Mandelstiften bestreuen. Eine
Gorgonzola-Soße oder Kiwisoße darüberziehen. Siehe Seite 46/47.

Palmherzensalat

1 kl. Dose Palmherzen in feine Scheiben schneiden,
1 kl. Dose Mandarinen abtropfen lassen
3 hartgekochte Eier grob hacken. Zutaten mischen. Mit Salatsoße mischen.
50 g Mayonnaise, 2 EL Schmand, 4 EL Sahne verrühren, mit Mandarinensaft, Salz u. Pfeffer abschmecken.

Beide Salate können auf Salatblättern angerichtet werden. Sie eignen sich als Vorspeise und als Abendimbiß mit Toastbrot und Butter.

Feuriger Fruchtsalat

2 säuerliche Äpfel
in Würfel schneiden.
1 kl Glas geraffelte Sellerie über ein Sieb schütten.
1 Stück rohe Sellerieknolle raspeln,
2 kl. Dosen Mandarinen abtropfen lassen,
200 g blaue oder grüne Weintrauben entkernen,
ca 20 g gehackte Nüsse,
ca 20 g gehackte Mandeln.
Salatzutaten mischen.

Salatsoße:

2 EL Mayonnaise, 2 EL Chilisoße,
1 EL Mandarinensaft.

Der Salat kann auch als Cocktail gereicht werden.

Griechischer Bauernsalat

1 kl Kopf Eisbergsalat in mundgerechte Stükke teilen, eine Salatschüssel damit auskleiden.
1/2 frische Salatgurke in Scheiben,
2 Zwiebeln in ganz dünne Ringe und
1 Paprikaschote in Streifen schneiden.
6 kleine, feste Tomaten achteln. Alles mit
16 schwarzen oder grünen Oliven mischen.

Vinaigrette, siehe Seite 44, mit Knoblauch und Salz abschmecken.

Den „Griechischen Bauernsalat" vor dem Servieren auf den grünen Salat füllen, mit der Vinaigrette überziehen oder separat dazu reichen.

200 g in Stücke gebrochenen Schafskäse auf dem Salat verteilen.

Eiersalat

mit Käse und Pilzen

150g Emmentaler Käse würfeln,
5 hartgekochte Eier in Scheiben schneiden
1 kl. Dose Champignonköpfchen, Pilze vierteln.
Dazu passen die Salatsoßen, die unter Nr. 2 - 6 angegeben sind, Seite 45/46.
Eine Salatplatte mit zerkleinertem grünen Salat auslegen. Die Salatzutaten darauf anrichten. Vor dem Servieren mit Soße überziehen und mit gehackter Petersilie oder mit Dill überstreuen.

Eiersalate schmecken gut zu Weißbrot, Baguettes mit etwas Kräuterbutter.

Eiersalat mit Mandarinen

Dieser Eiersalat wird genau wie der Eiersalat mit Käse und Pilzen zubereitet.
Statt der Pilze wird eine kleine Dose Mandarinen eingesetzt. Mandarinen abtropfen lassen und mit Eischeiben und Käsestifte auf einer Salatplatte anrichten. Mit American-Dressing überziehen oder separat dazu reichen.
Zusätzlich kann ½ in Ringe geschnittene Porreestange mit den Mandarinen vermischt werden.

Spanischer Eiersalat

2 Bund Radieschen, 6 hartgek. Eier, 12 grüne, gefüllte Oliven – alles in Scheiben schneiden, mit 1 kleinen Kopf zerpflückten Friséesalat mischen, auf Portionsteller verteilen oder auf eine Salatplatte füllen. Hierzu passt sowohl eine Vinaigrette, als auch die Salatsoßen, die unter Nr. 2, 3, 5 u. 6 auf Seite 44 - 46 angegeben sind. Die Soße vor dem Servieren über den Salat ziehen o. separat dazu reichen.

Salate mit Meeresfrüchten

Krabbencocktail

1 kleine Dose Mandarinen abtropfen lassen,
150g Krabben abspülen,
2 Äpfel,
2 Scheiben Ananas und
2 hartgekochte Eier würfeln.
Die Zutaten mischen und mit
American-Dressing, s. Seite 45, anmachen.

Ein paar grüne Salatblätter in mundgerechte Stücke teilen, Cocktailschalen damit auslegen u. vor dem Servieren einfüllen.

Bananensalat mit Krabben

250g Krabben;
200g Möhren u. 1 Apfel raspeln,
1 Orange, 2 Bananen u. 200g Ananas in Stücke schneiden. Mit Salatsoße French-Dressing anmachen, S. 45.

Forellencocktail

250 g geräucherte Forelle in Streifen schneiden, oder pro Portion 1 Forellenfilet einsetzen.
1 Apfel würfeln
2 Kiwis der Länge nach halbieren, dann scheibeln. Mit einer

Meerrettichsoße anmachen.

2 EL Salatmayonnaise, 2 EL saure Sahne,
1 EL Zitronensaft, 1-2 TL geriebener Meerrettich,
Salz, Zucker, ½ EL feingehackter Dill - zu einer Soße mischen.
Grüne Salatblätter in mundgerechte Stücke teilen. 4 Cocktailschalen damit auslegen. Forellencocktail vor dem Servieren darauf verteilen. Evtl. mit Dillzweigen garnieren.

Lachscocktail

Das gleiche Rezept kann mit geräuchertem Lachs hergestellt werden. Statt der Früchte können wahlweise Champignons u. Essiggürkchen Verwendung finden.

Thunfisch - Salat

1 kl Dose Thunfisch - Fett abtropfen lassen, mit einer Gabel in seine natürlichen Segmente teilen.
2 Orangen u. 1 Grapefruit in dünne Scheiben,
2 Zwiebeln (rote) in hauchdünne Ringe,
2 Tomaten entkernen und in Schnitzel und
1 Avocado in Streifen schneiden und mit
2 EL Zitronensaft beträufeln. Mit einer Soße Vinaigrette (S. 44) anmachen und auf Salatblättern anrichten.

Thunfisch - Salat einfach

1 Dose Thunfisch - ohne Öl - mit der Gabel in Stücke teilen, 1 Bd. Radieschen in dünne Scheiben schneiden, 1 gelbe Paprika in Schnitzel teilen. Anmachen und Anrichten siehe oben.

Einfacher Kartoffelsalat

500 g Pellkartoffeln scheibeln,
5 Essig- oder Gewürzgürkchen würfeln,
3 - 4 gekochte Eier vierteln.

Bunter Kartoffelsalat

500 g Pellkartoffeln würfeln,
250 g gegarte Erbsen,
2 gehackte Zwiebeln,
250 g gekochten Schinken in Streifen schneiden.

Reichhaltiger Kartoffelsalat

500 g Pellkartoffeln scheibeln,
2 Fleischtomaten entkernen u. grob würfeln,
150 g Fleischwurst in Streifen und
3 - 5 Gewürzgürkchen scheibeln.

Soße für Kartoffelsalat siehe Seite 47.

Salate mit Fleisch

Schinkensalat mit Croutons und Pilzen

Ca 8-9 EL Weißbrotwürfel in Butter rösten,
300 g gekochten Schinken in feine Streifen schneiden,
3 EL Schnittlauchröllchen untermischen,
600 g kleine frische Champignons abbrausen, trockentupfen, blättrig schneiden und in
4-5 EL Zitronensaft mit etwas Salz wälzen.
Kurz vor dem Servieren auf ein Sieb geben und abtropfen lassen. In eine Schüssel geben, Schinken untermischen, Brotwürfel darüber geben.

Die Zutaten können auch auf einer Salatplatte mit grünem Salat angerichtet werden. Separat eine cremige Salatsoße dazu reichen.

Schinken-Apfel-Salat

125 g Schinken, 125 g Kasseler oder Fleischwurst in Streifen und
2 Äpfel in Stifte schneiden,
150-200 g Edamer oder Gouda würfeln,
1 grünen Salatkopf, Endivie oder Eisbergsalat in mundgerechte Stücke teilen.

Aus
1 gehackten Zwiebel, 3 EL Weinessig, 2 EL kalte Fleischbrühe, Salz, schwarzen Pfeffer, 4 EL Öl eine Vinaigrette bereiten. Mit Basilikum, Petersilie und Knoblauch würzen.

Eine Schüssel mit grünem Salat auslegen. Die anderen Salatzutaten mit der Vinaigrette mischen, durchziehen lassen, evtl. nachwürzen und in die Servierschüssel füllen.

Serviervorschlag:
Dieser deftige Salat passt zu Bauern- und Körnerbrot mit Butter und Bier.

Geflügelsalat de lux

300 g Hähnchenbrustfilets braten, in Stücke,
100 g gekochter Sellerie in Stifte,
1 Rippe Staudensellerie in dünne Streifen oder blättrig schneiden.
150 g Weintrauben halbieren und entkernen,
50 g gehackte Mandeln,
8 gefüllte grüne Oliven scheibeln und
50 g Emmentaler würfeln.

Salatsoße: Der Salat kann mit einem French- oder American- Dressing angemacht werden. Mit Orangen- und Zitronensaft abschmecken.

Variante:

Mandeln u. Oliven weglassen und den Salat mit einer Nußmayonnaise anrichten: 200 g Mayonnaise, 1 EL Zitronensaft, 2 EL Orangensaft, 1 TL Curry, 100 g geh. Wal- oder Haselnüsse, 1 Spritzer Tabascosauce mischen.

Putenbrustsalat

200 g Putenbrust, gebraten oder gekocht, in ca. 1 cm breite Streifen und
2 Äpfel in Stifte schneiden.
200 g kleine frische Champignons vierteln, sofort
2 EL Zitronensaft zugeben und vermischen.
200 g Crème fraîche und reichlich frische Küchenkräuter zugeben. Mit
Salz, Pfeffer, Zucker würzen.

Putensalat

400 g geräucherte Putenbrust in Streifen,
1 kleine Dose Ananas in Stückchen schneiden.
1 kleine Dose Mandarinen abtropfen lassen.
1 kleiner Kopfsalat in mundgerechte Stücke teilen. Die Salatschale damit auslegen.

Die übrigen Zutaten mischen und mit einer cremigen Salatsoße anmachen, z. B. American-Dressing, siehe Seite 45.
Den Putensalat durchziehen lassen und erst vor dem Servieren mit dem grünen Blattsalat zusammenbringen.

Fleisch-Gemüse-Salat

1 Lauchstange oder 4-5 Frühlingszwiebeln in Ringe schneiden.

400 g gekochtes Rind- oder mageres Schweinefleisch oder Braten zuerst in Scheiben, dann in 2 cm breite Streifen schneiden.

1 Bd. Radieschen in dünne Scheiben,

1-2 Zucchini oder 1/4 Salatgurke ebenfalls in dünne Scheiben schneiden.

Salatsoße: Siehe Gorgonzola-Soße, Seite 46. Salatzutaten mit der Soße mischen, evtl. nachwürzen. Mit Schnittlauch bestreuen.

Variation: Statt der anderen Gemüse nur 3 St. Lauch einsetzen, in Ringe schneiden, 2 Min. in etwas erhitzter Butter unter Rühren dünsten, erkaltet zur Soße geben.

Pikanter Fleischsalat

400 g gekochtes, gebratenes Rind- oder mageres Schweinefleisch in Streifen,
1 rote Paprika in Schnitzen, je nach Größe
3 - 6 Gewürzgürkchen in Scheiben schneiden.
2 Tomaten zuerst entkernen, dann würfeln oder in Streifen schneiden. Zutaten mischen.

Den Salat mit einer Vinaigrette, Seite 44 oder mit French Dressing anmachen, Seite 45. Setzt man eine Vinaigrette ein, können zusätzlich abgetropfte Kapern hinzugegeben werden.

Straßburger Salat

500 g Salami und
500 g Gouda in feine Streifen und
5 Essiggürkchen in Scheiben schneiden.

Mit einer Soße Vinaigrette anmachen.
Kann als Abendimbiß zu Brot und Butter gereicht werden.

Reissalat

Hawaii

125 g Langkornreis körnig kochen und auskühlen lassen.
200 g Ananasstückchen,
200 g feine, gegarte Erbsen,
2 Bananen in Scheiben schneiden und
350 g Geflügelfleisch würfeln oder in Streifen schneiden.

Marinade:

4 EL Zitronensaft, 4 EL Ananassaft, Salz,
2 EL Essig, etwas Zucker verrühren.
6 EL Öl unterschlagen. Mit reichlich
Curry und feingehackter Petersilie würzen.
Den Salat gut durchziehen lassen.

Reissalat Gärtnerjunge

125 g Langkornreis
körnig kochen u. auskühlen lassen.
125 g feine Erbsen nicht zu weich kochen,
125 g Karotten garen und würfeln,
250 g Spargel in ca. 3 cm lange Stücke schneiden,
garen und auskühlen lassen.
2 feste Tomaten entkernen u. grob würfeln.

Die Zutaten mischen u. mit einer Vinaigrette anmachen. Seite 44.

Reichlich gehackte Petersilie, Schnittlauch, Dill zufügen, unterziehen und gut durchziehen lassen.

Nudelsalat

200 g grüne Nudeln garen,
in eine Schüssel geben, abkühlen
lassen.
200 g Tiefkühl-Erbsen garen,
1 kl. Dose Mais abtropfen lassen,
2 Äpfel schälen und würfeln,
250 g Brühwürstchen in Scheiben schneiden.
Die Zutaten mischen und mit der Soße
American-Dressing, Seite 46 anmachen.

Variation:
Statt der Erbsen 5 Tomaten zum Salat geben.
Die Tomaten entkernen und in Streifen
schneiden. 10 gefüllte Oliven in etwas dickere
Scheiben schneiden und zufügen.

Dänischer Salat

200g helle oder grüne Bandnudeln kochen,
200g Möhren kochen, würfeln,
200g Tiefkühlerbsen garen,
200g gekochten Schinken in Streifen schneiden.

Salatsoße

200g Crème fraîche, 2 gehackte Zwiebeln, mit feingehackter Kresse und Petersilie, mit Pfeffer, Essig und Salz abschmecken.

Variation:

Statt 200g gekochten Schinken, 200g Thunfisch einsetzen. Öl abtropfen lassen, mit einer Gabel zerpflücken.

Gemüse - gekocht und gedünstet

Tips für die Praxis

Zum Kochen von Gemüse nicht zu viel Flüssigkeit verwenden! Die wasserlöslichen Vitamine, Mineralstoffe, Spurenelemente und Eiweißstoffe treten aus und gehen im wahrsten Sinne des Wortes baden.

Immer etwas Salz ins Kochwasser geben! Dadurch gleicht sich die Mineralstoffkonzentration des Koch- und Gemüsewassers aus. Es gehen weniger Inhaltstoffe ins Kochwasser über.

Gemüse stets in siedendes Wasser geben! So treten weniger Duft-, Geschmacks-, Farbstoffe und die bereits genannten Inhaltstoffe aus.

Zu hohe Temperaturen und eine zu lange Kochzeit sind zu vermeiden! Dadurch werden vor allem die Vitamine B_1, B_2 und C zerstört. Außerdem verdampft das Garwasser sehr schnell, die Speisen brennen leichter an.

Die Hitze rechtzeitig reduzieren. Das Wasser kann in einem normalen Topf nur bis 100°C erhitzt werden.

Die Garzeit ist beim Gemüse so kurz wie möglich zu halten! Gemüse nicht zu weich kochen! Es sollte noch „Biss" haben.

Tiefgefrorenes Gemüse in gefrorenem Zustand in siedendes Wasser geben. Die Garzeit ist bei Tiefkühlkost verkürzt.

Grünes Gemüse behält seine grüne Farbe, wenn es nach dem Kochen mit kaltem Wasser abgeschreckt wird oder wenn man etwas Zucker ins Kochwasser gibt.

Das Kochwasser möglichst weiterverwerten! Es enthält wasserlösliche Inhaltsstoffe.

Das Kohlgemüse
hat viele Gesichter

Zur Familie der Kohlgemüse zählen:

Blumenkohl, Brokkoli, Chinakohl, Grünkohl, Kohlrabi, Rosenkohl, Wirsing, Rot- und Weißkohl.

Steckbrief unserer Kohlgemüse

- Die Vertreter dieser Gemüsegruppe besitzen alle einen sehr hohen Rohfaseranteil,
- einen sehr hohen Vitamin- und Mineralstoffgehalt, wobei sie ungewöhnlich reich an Kalium, Magnesium und Vitamin C sind.
- Der Wassergehalt liegt zwischen 85 und 92 %.
- Entsprechend niedrig ist der Energiewert.
- Der Eiweiß- und Kohlenhydratgehalt ist niedrig.
- Fett ist nur in Spuren enthalten.

Kann uns der Kohl vor Krebs schützen?

Wissenschaftler meinen, dass möglicherweise einige Gemüsesorten aktiv der Entwicklung von Magen- und Darmkrebs und auch der von Lungenkrebs entgegenwirken können. Genannt werden in diesem Zusammenhang die Gemüse der Kreuzblütenfamilie.
Hierzu zählen Brokkoli, Blumenkohl, Rosenkohl, Weißkohl, Chinakohl, aber auch Kresse.
Biochemisch steht fest, so einige Wissenschaftler, dass Kohl eine Substanz enthält, die Entgiftungsprozesse in den Körperzellen aktiviert und stimuliert.

Grundmenge:

Für 1 Person rechnet man pro Portion 150 - 200 g Kohlgemüse.

Blumenkohl und Brokkoli

„Wir gehören zu den Feinen und Vornehmen unserer Kohlsippschaft."

Blumenkohl

Er zählt zu unseren Feingemüsen. Blumenkohl ist leicht verdaulich und eignet sich darum besonders gut für die Kleinkind- und Krankenernährung.

Essbar ist nicht nur die Blume, sondern auch der Stiel. Wenn die Stiele eingeschnitten werden, am besten X-förmig, sind sie gleichzeitig mit der Blume gar. Soll der Blumenkohl ungeteilt gegart werden, so empfiehlt es sich, den Kopf vor dem Garen 20 Min. mit dem Stängel nach oben in Salzwasser zu legen.

Raupen und kleines Ungeziefer verlieren ihre Schleimschicht, damit ihr Haftvermögen und gelangen ins Wasser.

Gekochter Blumenkohl

1 l Salzwasser zum Kochen bringen. Damit Blumenkohl seine schöne, weiße Farbe behält, gibt man etwas Milch oder Zitronensaft oder Zucker mit ins Kochwasser.

Ca 1 Kg vorbereiteten Blumenkohl ins kochende Wasser geben. Nicht zu weich werden lassen. Blumenkohl schmeckt am besten, wenn er noch etwas „Biss" besitzt. Ganze Köpfe mit dem Strunk nach unten ins Wasser geben. Die Garzeit beträgt etwa 15-20 Minuten.

Wird der Kopf in Röschen aufgeteilt, verkürzt sich die Garzeit.
Stiele, die nicht holzig sind, können in Scheiben oder Stifte geschnitten mitgegart werden.

Der gekochte Blumenkohl kann vielseitig angerichtet werden

- Den Blumenkohl anrichten und mit zerlassener Butter überziehen.

- 4 TL Butter erhitzen, Wasseranteil der Butter verdampfen und 4 TL Semmelbrösel kurz darin bräunen lassen. Über den angerichteten Blumenkohl ziehen.

- Den angerichteten Blumenkohl mit hartgekochtem, gewürfeltem Eigelb und mit gehackter Petersilie überstreuen, mit zerlassener Butter oder mit dem Gemisch von Butter und Semmelbrösel überziehen.

- Der Blumenkohl kann auch mit einer Soße serviert werden. Entweder gießt man die Soße über das Gemüse oder man reicht sie separat dazu.
  In Frage kommen:
  Bechamelsoße siehe Seite 338, Kräutersoße S. 337, Käsesoße Seite 337, Rahmsoße Seite 342.
  Die Soßen können je nach Belieben mit gewürfeltem Schinken oder Lachsstreifen ergänzt werden.

Gekochter Brokkoli

Salzwasser zum Kochen bringen.
Ca 1 Kg vorbereiteten Brokkoli mit den Stielen nach unten in das kochende Wasser geben.
Nur ganz langsam köcheln lassen. Brokkoli hat nur eine kurze Garzeit und wird schnell weich. Die Garzeit beträgt etwa 10 Min.. Danach vorsichtig auf ein Sieb schütten und abtropfen lassen.
Genau wie beim Blumenkohl ergeben nicht nur die Blüten, sondern auch die Stengel schmackhafte Gerichte. Nur die holzigen Teile werden entfernt. Es empfiehlt sich, zuerst die Stiele 5 Minuten köcheln zu lassen, danach erst die zarteren Blütenteile zuzufügen.

Anregungen für die weitere Zubereitung

- Mit Butter u. Brösel anrichten. Hierfür 4 TL Butter erhitzen, das Wasser verdampfen lassen 4 TL Brösel kurz darin bräunen lassen, über den angerichteten Brokkoli ziehen.

- Mit zerlassener Butter und angerösteten Mandelblättchen oder
- mit Kräuter oder Käsesoße überziehen.
- Oder man belegt den angerichteten Brokkoli mit Käsescheiben und überbackt ihn unter dem Grill.

Gedünsteter Brokkoli

Den Topf mit Knoblauch ausreiben.
1/8 l Instant-Hühnerbrühe einfüllen, mit
1 Msp. Pfeffer würzen, mit
20-30 g Butter zum Kochen bringen. Ca.
800 g vorbereiteten Brokkoli zugeben. Zum Kochen bringen, dann den Topf schließen.
Das Gemüse bei geringer Wärmezufuhr in 10 - 15 Min. garen. Angerichtetes Gemüse mit in Butter geröstetem Paniermehl überziehen oder mit Käse belegen u. überbacken.

Wichtig! Wird Brokkoli nur zusammen mit Fett ohne Wasser angedünstet, wird er zäh.

Weißkohl und Wirsing

Kohl in Streifen schneiden,
kurz in Essigwasser blanchieren,
herausnehmen, über ein Sieb schütten,
abtropfen lassen.

40 g Butter in einem weiten Topf erhitzen ca.
800 g abgetropften Kohl zugeben, andünsten, zwischendurch wenden. Nachdem sich einige Röststoffe entwickelt haben, ein wenig Wasser zufügen
Salz und Pfeffer zugeben. Bei geringer Wärmezufuhr in 10-15 Min. garen.

Wirsing wird nach dem Garen mit Rahm oder Schmand abgeschmeckt.

Tips für Weißkohl, Wirsing und Rotkohl

Diese Kohlarten sind leichter verdaulich, wenn

- beim Garen etwas Kümmel mitgekocht wird,
- man das Gemüse wenige Min. im offenen Topf dünstet, dann im geschlossenen Topf weiter gart,
- der Kohl vor der Zubereitung kurz in Essigwasser blanchiert wird.

Weißkohl und Rotkohl

Sollen die beiden Kohlarten so richtig nach Großmutters Küche schmecken, so müssen 10 Geschmackszutaten darin vertreten sein:
Essig, Salz, Zucker, 3 Wacholderbeeren, 2-4 Pfefferkörner, 1 Lorbeerblatt, ½ Zwiebel, die mit 3 Gewürznelken gespickt ist, 2 in Achtel geschnittene Äpfel und ausgelassener Speck.

Zubereitung:

1 EL Öl in einem Topf erhitzen.
50 g Speckwürfel dann auslassen, leicht anbräunen. Vorbereiteten Rotkohl zugeben, mit
½ Tasse Essigwasser angießen, die oben genannten Gewürze zufügen und das Gemüse zum Kochen bringen. In ca 20 Min. garen. Noch einmal abschmecken.

Abwandlungen:

- Bei Rotkohl kann Essigwasser durch Rotwein und 1 TL Instant-Hühnerbrühe ausgetauscht werden.
- Die Apfelmenge kann stark variiert werden. Äpfel machen den Kohl sämiger und milder im Geschmack.

„Wir sind die deftigen Gemüse
mit dem kräftigen
Geschmack."

Sauerkraut

Grundrezept

500g Sauerkraut - leicht oder gar nicht abspülen, weil die darin enthaltene Milchsäure eine besondere gesundheitliche Bedeutung hat. Sauerkraut aufgelockert in einen Topf geben.
1/8l kochendes Wasser zugießen.
1 Zwiebel, in Viertel geteilt, 2 Gewürznelken,
1 Lorbeerblatt, 2-4 Pfefferkörner und
40g Schmalz zugeben.
Wenn Schweinefleisch oder Mettwurst mitgegart wird, kann auf Schmalz verzichtet werden.

Beim Anrichten muss das Sauerkraut saftig, aber nicht wässerig sein. Man kann vor dem Anrichten etwas Mehl darüber streuen oder rohe, geriebene Kartoffeln darin garen lassen.
Garzeit insgesamt ca. 20 Minuten.

Gedünsteter Rosenkohl

Grundrezept

750 g frischen Rosenkohl putzen, waschen, abtropfen lassen (oder 450 g Tk-Kost)
20 g Schmalz in einem Topf erhitzen
1 gewürfelte Zwiebel und Blumenkohlröschen hineingeben und 3-5 Minuten unter Wenden andünsten.
1/8 l heißes Wasser
1-2 TL Instant-Hühnerbrühe, 1 Msp. Zucker
1 Pr Pfeffer und 1 Pr ger. Muskatnuss zufügen, aufkochen lassen und den Topf schließen.
Je nach Größe der Röschen in ca. 15-25 Min. gar dünsten.

Rosenkohl-Tips

- Rosenkohl sollte nur in geschlossenem Topf gegart werden. Luftsauerstoff schadet der grünen Farbe.
- Je fester die Röschen sind, desto besser ist die Qualität.
- Wenn Rosenkohl in einem weiten Topf gegart wird, bleibt die Form der Röschen besser erhalten.

Gekochter Rosenkohl

Den vorbereiteten Rosenkohl etwa 15-25 Minuten in kochendem Salzwasser gar köcheln. Tiefgefrorener Rosenkohl in gefrorenem Zustand in kochendes Salzwasser geben, wieder zum Kochen bringen. Die Garzeit ist geringer als beim frischen Rosenkohl. Den gegarten Rosenkohl über ein Sieb schütten und abtropfen lassen.

Verschiedene Weiterverarbeitungsmöglichkeiten

- Butter im Topf erhitzen, nach Belieben etwas Muskat u. Mandeblättchen zugeben, Rosenkohl zufügen und im Fett wenden.
- Butter separat in einem Töpfchen schmelzen und das Wasser verdampfen lassen, 1 EL Semmelbrösel darin bräunen lassen und löffelweise über das angerichte Gemüse geben.
- Pro Portion mit einem TL geriebenen Käse überstreuen.
- Rosenkohl kann auch mit einer Rahm- oder Käsesoße angerichtet werden.
- Je nach Geschmack können 5 Min. vor Ende der Garzeit in Scheiben geschnittene Äpfel zum gedünsteten Rosenkohl gegeben werden.

Serviervorschlag: Das Gemüse schmeckt zu Wild und Wildgeflügel, zu gebratenem Schweine- und Rindfleisch; zu Kartoffeln.

Rosenkohl mit Schinken - Käse - Soße

500-750 g Rosenkohl putzen und waschen,
2 EL Öl und
1/4 - 1/2 l Salzwasser zum Kochen bringen, den Rosenkohl 20-30 Min. darin garen, dann über ein Sieb schütten.

Käse - soße

Von 30 g Butter und 30 g Mehl eine Schwitze bereiten, mit
1/4 l Gemüsewasser und etwas
Milch auffüllen.
2 Eckchen Sahne-Schmelzkäse mit
2 EL Sahne und 2 EL Weißwein verrühren und unter die Soße ziehen. Mit
Salz, Pfeffer, Muskat abschmecken.

Erweiterung der Soße:

4 " Scheiben Kochschinken grob würfeln und zufügen. Rosenkohl mit der Soße anrichten.

Die angegebene **Käsesoße** harmoniert auch ausgezeichnet, mit oder ohne Schinken zu **Kohlrabi, Porree und Blumenkohl!**

Kohlrabi

Beim Einkauf beachten:
Zarte Knollen besitzen frische, hellgrüne Blätter und eine glatte Haut.
Die jungen Blätter können mitverwendet werden.

Kohlrabi - gedünstet

Ca 750 g Kohlrabi schälen, waschen, zuerst in Scheiben, dann in Stifte schneiden.
40 g Fett und 1/8 l Wasser zum Kochen bringen Kohlrabi zufügen. Mit Salz u. Muskat würzen, garen. Mit etwas Suppenwürze abschmecken u. gehackter Petersilie garnieren.

Kohlrabi - gekocht

500-750g vorbereiteter Kohlrabi
in Stifte schneiden und in
Salzwasser 15-20 Minuten garen. Über ein Sieb
schütten und abtropfen lassen.

Der gekochte Kohlrabi kann je nach Belieben angerichtet werden

- Butter und frische Kräuter zugeben.
- Das fertige Gemüse mit etwas Suppenwürze abschmecken und reichlich gehacktes Basilikum zufügen.
- Mit erhitzter, leicht gebräunter Butter und etwas Paniermehl übergießen. Pro Portion 1 TL Butter.

- 100 g Schmand oder Sahne mit Kräuterschmelzkäse und etwas Gemüsewasser verrühren und mit dem Gemüse mischen.

- Kohlrabi in einer Käsesoße oder Kräutersoße anrichten.
- Die Soßen können mit grob gewürfeltem gekochten Schinken ergänzt werden.

Die zarten Blätter

in feine Streifen schneiden, in Butter dünsten und mit dem fertig gedünsteten oder gekochtem Kohlrabigericht mischen.

Serviervorschlag: Zu Salzkartoffeln und einem Hackfleischgericht reichen. Oder gewürfelter Schinken oder Leberkäse mit Kohlrabi mischen. Um dem Gemüse mehr Farbe zu geben, kann es mit reichlich gehackter Petersilie überstreut werden.

Überbackener Kohlrabi

Die gegarten Kohlrabistifte in eine gefettete Auflaufform schichten. Nach Belieben gewürfelten Schinken darüber streuen, mit einer Kräuter- oder Käsesoße überbacken.

Grünkohl

Dieses derbe Wintergemüse entfaltet sein volles Aroma erst nach einem Gefrierprozess.
Grünkohl ist bekömmlicher, wenn er kurz blanchiert und dann gedünstet wird.
Die reichliche Verwendung von Schmalz bei der Grünkohlzubereitung ist zwar üblich, macht den Grünkohl aber keineswegs leichter verdaulich.

Putzen und Blanchieren

Von 800 - 1000 g Grünkohl werden die festen Rippen herausgeschnitten, in Streifen geschnitten und gewaschen. Anschließend lässt man den Grünkohl etwa 10 Minuten im Salzwasser köcheln. Danach über ein Sieb schütten und abtropfen lassen. – Der Grünkohl kann aber auch erst nach dem Blanchieren in Streifen geschnitten werden. Er verliert beim Kochen seine Sperrigkeit.

Nach dem Blanchieren wird der Grünkohl zu den gewünschten Rezepten weiter verarbeitet.

Beim Einsatz von Tiefkühlkost entfallen die Vorbereitungsarbeiten.

Grünkohl mit Kasseler

50 g	Speck auslassen
2	gewürfelte Zwiebeln darin goldgelb dünsten. Vorbereiteten Grünkohl zugeben, unter Wenden andünsten.
1/4 l	Instant-Fleischbrühe zugießen. Mit
Salz,	Pfeffer und etwas Zucker würzen.
400 g	Kasseler und 2 Mettendchen auf den Grünkohl legen. Bei mäßiger Hitze etwa 45 Min. garen. Die Mettendchen nach etwa 15-20 Min. Garzeit wieder herausnehmen. Abschmecken, durchziehen lassen.

Tip: Wenn man im Sommer keinen Grünkohl bekommt, kann Kasseler auch mit Wirsing zubereitet werden. Wirsing vor dem Anrichten mit 2 EL Schmand oder Sahne verfeinern.

Das Fruchtgemüse stellt sich vor:

Hierzu zählen die Bohnen und Erbsen, Tomaten und Paprika, Auberginen und Mais, die Kürbisgewächse, wie Kürbisse und Melonen, Gurken und Zucchini.

Es sind Gemüsearten, die reich an Kernen und Körnern sind.

Ihr Steckbrief

Sie verfügen über Spitzenwerte an Vitaminen und Mineralstoffen, wobei der Gehalt an Kalium und Vitamin A besonders hoch ist.

Die Werte sind jedoch bei den verschiedenen Gemüsearten dieser Gruppe unterschiedlich.

Alle besitzen einen hohen Rohfaseranteil.

Ihr Wasseranteil liegt zwischen 90 und 96 %.

Erbsen und Bohnen bilden hierbei eine Ausnahme.
Der absolute Star der Fruchtgemüse ist die Paprikaschote. Sie ist das vitaminreichste Gemüse überhaupt. Ihr Reichtum basiert in erster Linie auf ihren hohen Vitamin-C-Gehalt.

100g Fruchtmasse enthalten 140mg Vitamin C!!!

Zum Vergleich:
Zitronen enthalten 34 mg, Auberginen 4 mg, Erbsen 10mg, Gurken 1 mg, Dicke Bohnen 20mg, Schnittbohnen 18mg, Kürbis 6 mg.

Zudem sind die Vitamine A- und E-Werte der Paprika ungewöhnlich hoch.
Paprika wirkt in verschiedener Hinsicht positiv auf die menschliche Gesundheit. Sie fördert die Gefäßdurchblutung und wirkt durch seinen Ballaststoffgehalt anregend auf die Verdauungstätigkeit.

Ratatouille

8 EL Olivenöl in einem Topf erhitzen.
125g geh. Zwiebeln u. 1 Knoblauchzehe darin glasig dünsten.
300g ungeschälte Auberginenen in Stücke,
300g Zucchini in Scheiben und
300g Paprikaschoten in feine Streifen schneiden. Gemüse zu den Zwiebeln geben, kurz anschmoren,
1/8l Weißwein langsam zugeben. Mit Pfeffer,
Salz, Majoran, Thymian, Rosmarin würzen und etwa 30 Minuten zugedeckt dünsten.
300g Tomaten überbrühen, abschrecken, enthäuten, in Stücke schneiden, 10 Min. vor Ende der Garzeit zum Gemüse geben. Kräftig abschmecken.

Variation: Um eine komplette Mahlzeit zu erhalten, können 500g Hackfleisch mit den Zwiebeln angedünstet werden. Dazu schmeckt ein roter Landwein u. frisches Weißbrot.

Jessiner Gemüsetopf

500 g Tomaten überbrühen, abschrecken enthäuten.
2 Zwiebeln schälen, in kleinere Stücke,
3 grüne oder rote Paprikaschoten in dünne Streifen schneiden.
50 g Fett erhitzen. Zwiebeln darin hell dünsten, Paprika zufügen und 5 Min. mitgaren lassen.
1 Zucchini scheibeln, Tomaten in Stücke schneiden und zu dem Zwiebel-Paprikagemisch geben.
Das Gemüse salzen, pfeffern, garen und mit
Tomatenmark oder Ketchup abschmecken. Mit
1-2 EL frischen gehackten Kräutern anrichten.

Gefüllte Paprikaschoten

8 kleine Paprikaschoten - Deckel abschneiden, putzen, waschen.
100g Räucherspeck würfeln u. in einer Pfanne ausbraten.
2 in Würfel geschn. Zwiebeln darin glasig dünsten. Hiervon die Hälfte mit
400g Schweinemett mischen und die Paprikaschoten damit füllen.
Das restliche Speck-Zwiebelgemisch mit reichlich
Tomatenmark in einen Topf geben
3/8l Fleischbrühe hinzugießen und die Paprikaschoten hineinsetzen. Bei mittlerer Hitze im geschlossenen Topf 20-30 Minuten dünsten, bis die Paprika weich sind. Dann herausnehmen, anrichten u. warm stellen.
1/8l saure Sahne mit 2 TL Speisestärke verrühren, in die Soße einrühren, aufkochen lassen und über die Paprikaschoten gießen. Dazu schmeckt Reis.

Überbackene Auberginen

4 ungeschälte Auberginen in dicke Scheiben
schneiden, mit Zitronensaft beträufeln, mit
Salz bestreuen u. mindestens 30 Min. ruhen lassen,
den Saft abgießen, die Scheiben abtrocknen, mit
Mehl bestäuben und in
Öl goldgelb braten. Etwa 3/4 davon in eine flache
vorbereitete Auflaufform füllen.
150g Doppelrahmfrischkäse darauf verteilen. Mit
Gewürzen, wie Koriander u. Estragon bestreuen.
Die restlichen Auberginen darauf verteilen.
1/4l Tomatensoße darüber gießen. Danach zuerst
mit Parmesankäse, dann mit
Semmelbrösel überstreuen.
Butterflöckchen aufsetzen. Ca. 15-20 Min. bei
200° C überbacken.

Variation: Die Auberginen-Scheiben schichtweise
im Wechsel mit trockem gegarten Reis in eine
Auflaufform füllen.

Bohnen

Bohnen müssen gegart werden, denn sie enthalten den Giftstoff Phasin, der durch 3-5 minütiges Kochen zerstört wird. Danach sind die Bohnen ausgesprochen gesund. Sie sind reich an Vitamin C, Kalium, Calcium, Magnesium, Eiweiß.

Gekochte Bohnen

500-700g Bohnen in Salzwasser kochen, abschütten.
1 gehackte Zwiebel in
30-40g Butter leicht bräunen und mit den Bohnen mischen. Die Bohnen können mit Thymian, Bohnenkraut und Suppenwürze abgeschmeckt werden.

Garzeiten richten sich nach der Sorte:
So brauchen Brechbohnen 15-20 Min., die zarten Keniaböhnchen nur etwa 6 Minuten. Die Bohnen sollten noch Biss haben.

Würzige Beilage:

Bissfest gegarte Bohnen in mageren Speck wickeln, dann 4-5 Minuten braten.

Bohnen mit Pilzen

1 gehackte Zwiebel in 35 g Butter goldgelb dünsten. Pilze aus der Dose abgetropft zufügen und leicht anbraten. Pilzgemüse mit den fertig gekochten Bohnen mischen.

Gedünstete grüne Bohnen

1 gehackte Zwiebel in 40g in einem Topf glasig dünsten. 600 g grüne Bohnen und 1/8 l Wasser zufügen. Mit Salz, Suppenwürze, Thymian oder Bohnenkraut abschmecken!

Gekochte Bohnen können auch mit einer Specksoße angemacht werden.

Schnippelbohnen

Mit wenig Wasser vorgaren, über ein Sieb schütten.
2 gehackte Zwiebeln in Butter leicht bräunen. Schnippelbohnen zufügen. Mit Salz, Pfeffer, 1 Pr. Zucker und Essig abschmecken. 2 enthäutete, in Stücke geschnittene Tomaten mit den Bohnen gar dünsten.

Zuckerschoten –
die wiederentdeckte Delikatesse

400 – 500 g Zuckerschoten in 1/4 l Wasser und
20 g Butter 6 – 7 Minuten dünsten.

Basilikumsoße Aus
30 g Butter und 30 g Mehl eine Schwitze bereiten.
1/4 l Sahne und 1/8 l Gemüsebrühe unterrühren.
5 Minuten köcheln lassen.
1 Bd. Basilikum in Streifen in die Soße schneiden, mit Salz, Pfeffer und Zucker würzen. Die Soße zu den Zuckerschoten servieren.

Zuckerschoten mit Bacon

500 g Zuckerschoten in 30 g Butter andünsten, mit
Salz und 1 Pr. Zucker würzen. Zugedeckt etwa 5 Min. garen.
70 g Frühstücksspeck (Bacon) in feine Streifen schneiden u. knusprig braten. Über die angerichteten Schoten geben.

Basler Erbsen

2 gehackte Zwiebeln in einem Topf in
40g Butter glasig dünsten.
600g gekochte Erbsen zugeben. Mit Salz, Pfeffer und Suppenwürze abschmecken.
250g gekochten Schinken würfeln und in etwas
Butter leicht anbraten. Zum Schluss Schinkenwürfel und
1-2 EL gehackte Petersilie unter die Erbsen mischen.

Erbsengericht

Zwiebeln in Butter dünsten, gekochte Erbsen zugeben – siehe obiges Rezept.
1/8 l Wasser zufügen.
1-2 TL Mondamin mit
1/8 l Sahne anrühren, die Erbsen damit binden.
Das Gemüse würzig abschmecken. Mit gehackter Petersilie bestreut anrichten.

Mischgemüse

Frische Erbsen schmecken auch als Mischgemüse zusammen mit Möhren, Zwiebeln oder Fenchel.

Das Wurzelgemüse - das gesunde Wintergemüse

Zu dieser Gruppe zählen:
Meerrettich-Kren, Möhren-Karotten, Radieschen, Rettich, Rote Bete, Schwarzwurzeln, Sellerie.

Noch vor wenigen Jahrzehnten, als man nur auf den heimischen Freilandgemüseanbau zurückgreifen konnte, war das Wurzelgemüse das typische Wintergemüse.

Steckbrief

- Wie alle Gemüsearten sind auch die Wurzelgemüse arm an Natrium aber reich an Kalium, und damit wirken sie entwässernd. Der Gehalt an Kalium liegt beim Wurzelgemüse im Bereich von 240 - 300 mg pro 100 g Gemüse. Nur bei Radieschen und Schwarzwurzeln liegen die Kaliumwerte unter 200 mg.

- Meerrettich besitzt ungewöhnlich viel Vitamin C.
- Bei Möhren ist der Vitamin A - Reichtum unübertroffen.
- Besonders reich an Ballaststoffen sind Schwarzwurzeln, Möhren und Sellerie.

Möhrengemüse

Möhren werden in Stifte oder Scheiben geschnitten und in ein wenig Butter und Apfelsaft gedünstet. Gegen Ende der Garzeit können geschälte Apfelschnitzel zugegeben werden. Nach Belieben mit etwas Suppenwürze abschmecken. Mit gehackter Petersilie überstreuen.

Gekochte Möhren / Karotten
Variationen:

- Je Portion mit einem Teelöffel Butter erhitzen, mit einer Prise Zucker würzen, mit Petersilie bestreuen.

- Je Portion mit 2 EL Champignonköpfchen (Dose) erhitzen; zum Anrichten mit einem Tl Kräuterbutter belegen.

- Je Portion in 3 EL Rahmsoße erhitzen. Seite 342.

Schwarzwurzeln

1 Glas Schwarzwurzeln u.
1 Döschen Mandarinen über ein Sieb schütten.
300g gebratenes Geflügelfleisch grob würfeln.
1/4l Rahmsoße herstellen, siehe Seite 342. Schwarzwurzeln und Geflügelfleisch zugeben, erhitzen, abschmecken. Zum Schluss die Mandarinen unterheben.

Gebackene Sellerieschelben

Hierfür wird die gekochte, geschälte und erkaltete Sellerieknolle in Scheiben geschnitten, in Ei und Paniermehl gewendet, anschließend gebraten oder in schwimmendem Fett ausgebacken.

Sellerie auf Toast

4 Scheiben Brot leicht antoasten, mit
4 Scheiben Kasseler belegen. Nacheinander
4 Selleriescheiben und
4 Ananasscheiben auflegen.
Ca 15 - 20 Min. im vorgeheizten Backofen bei 200°C überbacken. 2-3 Min. vor Ende der Garzeit mit 4 Toast-Scheibletten-Käse belegen.

Schwarzwurzeln auf Toast

Das leicht getoastete, gebutterte Brot nacheinander mit Kasseler und gekochten Schwarzwurzeln belegen. Ein viertel Liter Kräuter- oder Rahmsoße herstellen, mit 1 Eigelb legieren. Etwa 2-3 Löffel von der dickcremigen Soße über das Gemüse geben. 15 Min. bei 220°C überbacken.

Heute Abend auf dem Ball
ist es gar nicht übel.
Tanzt der Herr von Knoblauch
mit Madam von Zwiebel . . .

(Altes Kalenderblatt)

Zwiebelgemüse

Hierzu gehören: Speisezwiebeln, Lauch, Knoblauch, Schnittlauch.

Steckbrief

Das Zwiebelgemüse besitzt eine starke Würzkraft und ist besonders reich an:

- ätherischen Ölen, • Ballaststoffen,
- Kalium in kleinen Mengen, Calcium, Phosphor,
- die Vitamine C, A, B-Gruppe.

Zwiebelkuchen

Aus

200g Mehl, 65g Doppelrahmfrischkäse und
100g Butter einen Knetteig herstellen.
1 Stunde zugedeckt im Kühlschrank lagern. Danach den Teig ausrollen und damit den Boden einer Pie-Form auslegen, die Seiten hochziehen und den Teig am oberen Pie-Form-Rand leicht andrücken. Etwa 10 Min. im vorgeh. Backofen vorbacken.

Belag:

8 große Zwiebeln würfeln, in
2 EL Butter dünsten,
200g Kasseler würfeln mit den gedünsteten Zwiebeln auf dem Teigboden verteilen.

Guß:

1 B. saure Sahne, 4 Eier, mit je
1 Pr. Salz und frischgemahlenen Pfeffer würzen,
Alle Zutaten verschlagen u. über die Zwiebelmasse geben.

Ca. 30-40 Min. bei 200°C backen.

Lauchtorte

Aus
200g Mehl, 150g Doppelrahmfrischkäse, 1 Pr. Salz, 50g Butter einen Knetteig herstellen. Kühl lagern. Eine gefettete Spring- oder Pieform mit dem ausgerollten Teig auskleiden. Den Rand hochziehen.

800g Lauch in Scheiben schneiden. Ca. 10 Min. in
30g erhitzter Butter in einem weiten Topf dünsten.
1 Pr. Salz u. Pfeffer zufügen, zwischendurch wenden.
200g gekochten Schinken würfeln. Etwas Sahnesteif oder Brösel über den Teig streuen. Lauch und Schinken auf dem Teig verteilen.

Guß:

3 Eier mit 1 Becher süße Sahne und
125g Kräuterschmelzkäse verschlagen und vorsichtig über den Belag gießen. Im vorgeheizten Backofen 40 Min. bei ca. 210°C backen.

Gefüllte Zwiebeln

4 große Gemüsezwiebeln schälen, in gut
1/2 l Brühe 20 Min. garen, dann Kappe abschneiden und aushöhlen, so dass nur eine Schale von ca. 3/4 cm Dicke übrig bleibt. Innen leicht salzen.

400 g gemischtes Hackfleisch mit 1 Ei, 1 EL gehackter Petersilie, 2 EL Semmelbrösel, Majoran, Pfeffer, Salz, etwas Worcestersoße und 100 g in Würfel geschnittenen Emmentaler-Käse mischen und in die Zwiebeln füllen.

Ausgehöhltes Zwiebelfleisch hacken, in etwas
Fett anbraten, mit etwas von der Brühe ablöschen und in eine vorbereitete feuerfeste Form setzen. Die gefüllten Zwiebeln darauf setzen. Im Backofen bei 200 °C etwa 45 Minuten garen. Dazu schmeckt Kartoffelpüree.

Die Mehrjährigen

Der königliche Spargel, der vornehme, blasse Champignon, der erfrischende Rhabarber.

Spargel-Steckbrief

- Sein Geschmack ist königlich, der Energiewert extrem niedrig, der Vitamingehalt hoch. Er ist ein langer Genuss mit kurzer Angebotszeit.

Frischer Spargel

Von Mitte Mai bis Mitte Juni ist Spargel-Hauptsaison.
Der weißköpfige Spargel ist zart und sehr milde im Geschmack, der violette ist herzhafter und leicht bitter. Feinschmecker schätzen den grünen Spargel, weil er zart, holzfrei und am würzigsten ist.
Spargeltips, Seite 391.

Wieviel für jeden?

250g, wenn der Spargel mit Beilage serviert wird.
500g, wenn er nur mit Schinken oder Lachs serviert wird.

Gekochter Spargel

Den geschälten Spargel portionsweise bündeln und 15-20 Min. in leicht gesalzenem Wasser köcheln lassen.
Durch die Hinzugabe von etwas Butter und 1 Pr. Zucker wird das Aroma verfeinert.
Eingefrorener Spargel in gefrorenem Zustand in kochendes Wasser geben.

Spargelvariationen –

gekochter Spargel mit klassischen Beilagen:

gekochte – oder rohe Schinkenscheiben, Roastbeef oder Kalbsschnitzel. zarte junge Kartoffeln, flüssige Butter oder Soße Hollandaise sind weitere klassische Ergänzungen. Als Getränk passt ein leichter Weißwein.

Englische Art:

Stangenspargel mit Rührei u. getoastetem Brot.

Bernauer Art:

Stangenspargel nacheinander mit 1 EL geriebenen Käse, 1 TL Butter und 1 TL goldgelb gedünstete Zwiebeln belegen. Kurz unter dem Grill überbacken.

Weitere Spargelrezepte finden Sie in dem Buch „Was soll ich kochen?. Dorothea's Rezepte rund ums Jahr".

Rhabarber

zählt zu den extrem energiearmen Gemüsearten. Er ist besonders reich an Oxalsäure, wirkt blutreinigend, entschlackt den Körper

Künstler unbekannt

Rhabarbertips S. 389

und ist verdauungsfördernd. Wegen des hohen Oxalsäuregehaltes ist der Rhabarbergenuss bei Menschen, die zu Harnstein- und Nierensteinbildung neigen, umstritten.

Die meisten Ärzte empfehlen in diesem Falle die Einschränkung des Verzehrs von oxalhaltigen Nahrungsmitteln. Dazu gehören Spinat, Rhabarber, Rote Bete, Beerenobst, Kakao, Süßigkeiten.

Rhabarberschaum

6 Blatt Gelatine einweichen.
800 g Rhabarber vorbereiten, in Stücke schneiden, mit
2 EL Zucker, Saft ½ Zitrone, 4 EL Weinbrand u.
4 EL Wasser in einen Topf geben, zum Kochen bringen und etwa 4 Min. köcheln lassen.
Nachsüßen, die ausgedrückte Gelatine zugeben, erkalten lassen.
Wenn die Masse zu stocken beginnt, mit
¼ l geschlagene Sahne mischen und in eine Dessertschale füllen.

Variation: In Stücke geschnittene Erdbeeren mit der fertigen Creme mischen.

Rhabarbersuppe

400g in 2cm lange Stücke geschnittenen Rhabarber m. dem Saft 1/2 Zitrone und
1/4l Apfelsaft zum Kochen bringen u. garen.
1/2 P. Vanillepuddingpulver, 1 Eigelb mit
1/4l Apfelsaft verrühren und den Rhabarber damit binden. Mit Zucker abschmecken. Die Suppe abkühlen lassen. Vor dem Servieren Löffelbiskuits in Stücke brechen u. als Einlage zur Suppe geben.

Pilze

Die blassen Champignons gehören zu unseren Gemüsedelikatessen. Bei den Inhaltstoffen ist besonders der Kaliumreichtum hervorheben. 100g Champignons enthalten 440mg Kalium! (Kalium entwässert den Körper). Daneben sind Champignons vor allem reich an Vitaminen der B-Gruppe, hier vor allem an Niacin.

Champignon-Gulasch

500 - 750g Champignon putzen, je nach Größe halbieren oder vierteln.
500g Fleischtomaten überbrühen, abschrecken,

enthäuten und würfeln.

4 EL Öl in einem Topf erhitzen,

2 gewürfelte Zwiebeln darin glasig dünsten. Champignons zugeben u. 5 Minuten darin glasig dünsten. Mit Pfeffer, Paprika u.

Salz würzen. Die Tomaten und

1/8 l Gemüsebrühe (Instant) zufügen. Unter Rühren erhitzen.

1 B. Crème fraîche unterrühren, abschmecken, Mit Petersilie bestreuen. Dazu passen Kartoffeln, Nudeln, Stangenbrot und Salat.

Pilz - Gemüse - Risotto

1 geh. Zwiebel in 30 g Butter andünsten.

240 g Langkornreis zufügen, glasig dünsten, mit

1/2 l Instant-Fleischbrühe und

1 B. Kräuter-Crème fraîche zum Reis geben, zum Kochen bringen, etwa 20 Min. ausquellen lassen.

1 Bd. Frühlingszwiebeln in dünne Ringe schneiden,

300 g Pilze scheibeln.

30 g Butter in einer Pfanne erhitzen, Zwiebeln u. Pilze darin dünsten. Mit Salz u. Pfeffer abschmecken und mit

300 g gekochten Erbsen zum Reis geben, mit

1-2 EL geh. Petersilie mischen.

Erdäpfel

Schön rötlich die Kartoffeln sind
Und weiß wie Alabaster!
Sie däun sich lieblich und geschwind
Und sind für Mann und Weib
und Kind
Ein rechtes Magenpflaster!
(Matthias Claudius)

Kartoffeln – dolle Knollen

Trotz seines unscheinbaren Kleides ist der Erdapfel ein leuchtender Stern am Nahrungshimmel.
Gourmets und Ernährungsphysiologen haben die Kartoffel zum Star ernannt!

Gesellschaftsfähig - aber verkannt

Die Kartoffel sollte kein dunkles Keller- und Schattendasein führen!
Denn wer kann schon mit solch einem Steckbrief aufwarten?! Der Erdapfel ist:

- wasserreich, 80%
- energiearm 72 Kcal oder 300 KJ
- besonders reich an Vitamin C
- auch Vitamin B_1 (Thiamin) ist reichlich enthalten,
- an Mineralstoffen sind besonders reichlich Kalium und Calcium enthalten. Pellkartoffeln sind dabei mineralstoffreicher als Salzkartoffeln. Calcium ist wichtig für den Knochenaufbau, und Natrium regelt den Wasserhaushalt, entwässert und entschlackt den Körper.

„Zitrone des Nordens"

Wegen ihres hohen Vitamin-C-Gehaltes hat die Kartoffel diese Bezeichnung erhalten. Obwohl der Vitamin-C-Gehalt bei der Lagerung abnimmt, trägt die Kartoffel in den Wintermonaten entscheidend zur Vitamin-C-Bedarfsdeckung bei. Das Vitamin-C ist das volkstümlichste und bekannteste Vitamin.

Als Vitamin-C-Lieferanten kennt man vor allem die Zitrusfrüchte Zitronen und Apfelsinen.

Weitere Vitamin C-Träger siehe Seite 109.

Vitamin C-Gehalt in 100g Nahrungsmitteln

Zitronen	34 mg Vitamin C
Orangen	36 mg " "
Kartoffeln	12 mg " "
Schw. Johannisbeeren	170 mg " "

Wann auch die Kartoffeln bei den aufgeführten Nahrungsmitteln die niedrigsten Werte aufweisen, ist daran zu denken, dass Kartoffeln in wesentlich größeren Mengen verzehrt werden.
Wichtig ist, dass man recht fürsorglich mit den Kartoffeln umgeht, um nicht ihren ganzen Reichtum zu verlieren. Zum Beispiel ist der B1-Verlust bei Salzkartoffeln viermal so hoch wie bei Pellkartoffeln. Ähnlich verhält es sich mit den Mineralstoffen.
Vitamin C ist wasserlöslich und empfindlich gegen Hitze, Luft, Licht und längere Garzeit.

So lassen sich Werteinbußen bei der Zubereitung gering halten.

- Die Kartoffeln mit Schale kochen, die Schale kann die Inhaltstoffe zurückhalten.
- Müssen geschälte Kartoffeln aufbewahrt werden, lässt man sie unzerkleinert in kaltem Wasser liegen.
- Mit wenig Wasser kochen! Den Deckel fest auflegen!

- Kochwasser weiter verwerten!
- Keine gekochten Kartoffeln warm halten! Wiederaufwärmen, bzw. Erhitzen ist schonender!

Tips für die Praxis

Unterschiedlich große Kartoffeln werden gleichzeitig gar, wenn man die größeren vor dem Kochen mit einer Stricknadel durchsticht.

Kartoffeln, die beim Kochen außen platzen, während sie innen noch nicht gar sind, sticht man vor dem Kochen gleichfalls mit einer Stricknadel durch.

Verkürzte Garzeit
Die Kochzeit wird verkürzt, wenn man 1 TL Margarine oder 1-2 EL Öl ins Kochwasser gibt.
Den Topf gut schließen.

Gibt man etwas Fett ins Kochwasser, vermeidet man das Überkochen.

Gleichmäßige gekochte Kartoffelscheiben erhält man mit Hilfe eines Eierschneiders.

Kartoffeln für Kartoffelsalat schmecken besser, wenn man sie nach dem Garen und Pellen in einer Fleischbrühe auskühlen lässt. Die Kartoffelscheiben nehmen später weniger Soße auf.

Kartoffelgerichte

Westfälische Kartoffelsuppe

(auch als Resteverwertung einzusetzen)

50 g Räucherspeck würfeln, in einem Topf auslassen, Speckwürfel aus der Pfanne nehmen.
2 Stangen-Lauch in Scheiben schneiden, in dem Fett andünsten. Mit
1 l Fleischbrühe auffüllen u. zum Kochen bringen. Ca. 10 Min. köcheln lassen.
500 g Kartoffelpüree (Reste vom Vortag mit etwas Milch aufschlagen), in die Suppe geben und aufkochen lassen.
200 ml Schmand, Schlagsahne oder Crèmefraîche unterrühren, kurz köcheln lassen, mit
Salz, Pfeffer und Muskatnuss abschmecken, mit
1 Bd. feingehacktem Schnittlauch bestreuen.
Dazu schmeckt deftiges Bauernbrot.

Variation: Kartoffelpüree kann durch feingewürfelte Kartoffeln ersetzt werden.

Pellkartoffeln

Vor dem Kochen werden sie sauber gebürstet.
Im Vergleich zu Salzkartoffeln kocht man sie mit etwas mehr Salz.
Noch aromatischer schmecken sie, wenn man die Kartoffeln mit reichlich Kümmel, mit 1 Lorbeerblatt oder mit Thymian kocht.

Schnell gepellt!

Die gekochten Pellkartoffeln abschütten, mit kaltem Wasser abschrecken und sofort pellen.

Pellkartoffeln für 4 Portionen

1500g Kartoffeln waschen, bürsten, zum Kochen halb mit Wasser bedecken.
Garzeit ca. 30 Minuten.

Kartoffel mit Stippe

Hierbei werden Pellkartoffeln mit einem pikanten Quarkdip serviert. Zum Beispiel kann es ein Gemisch aus Quark, Frischkäse und reichlich Kräutern sein. Je nach Belieben kann dieser Dip mit Gewürzgürkchen, Radieschen, Zwiebelwürfel, Meerrettich, Tomaten, Paprika, Avocado, Schinkenwürfeln oder Krabben erweitert werden. Der Phantasie sind hier keine Grenzen gesetzt.

Hinweis: In meinem Buch „Rezepte rund ums Jahr." finden Sie reichlich Rezepte.

Kräuterdip

400g Kräuterfrischkäse, 1 Becher Schmand,
100g gewürfelter Räucherschinken, 2 EL Schnittlauchröllchen. Die Zutaten glattrühren. Mit Salz und Pfeffer abschmecken.

Folienkartoffeln

4 große Kartoffeln (à ca. 350 g) gründlich waschen, bürsten und einzeln in Alufolie packen.

Garzeit: Im Backofen 1 Std. bei 200 °C.

Abgeändertes Rezept

4 große Kartoffeln mit der Schale im Kochtopf fast gar kochen, in Alufolie wickeln und im vorgeheizten Backofen bei 210 °C noch ca. 10 - 15 Min. nachgaren. Die Kartoffeln bleiben in Alufolie recht lange heiß.

Anrichten und Servieren

Die Kartoffeln können mit der Folienpackung zum Mittagessen serviert werden. Die Folie kann aber auch vorher geöffnet, die Schale kreuzweise eingeschnitten u. die Kartoffel mit einer Füllung versehen werden. Geeignet sind alle Dips, Kräuterquark, Remoulade.

Überbackene Kartoffeln

Ohne Füllung werden sie als Beilage gereicht. Zu überbackenen Kartoffeln mit einer gehaltvollen Füllung passt ein Blattsalat.

8 mittelgroße, festkochende, gegarte und gepellte Kartoffeln der Länge nach halbieren. Mit der Schnittfläche nach oben in eine gefettete Auflaufform setzen, mit Olivenöl bepinseln, Kräuter der Provence aufstreuen. 10-15 Minuten bei 200° C überbacken.

Mit Füllung

Die halbierten Kartoffeln leicht aushöhlen.
1 Stange Lauchringe in Butter dünsten. Ausgehöhltes gewürfelt zugeben, leicht anbraten. Mit
100 g Gouda- und 100 g Ziegenkäsewürfeln mischen. Mit Kräutern der Provence abschmecken. Kartoffeln in eine vorbereitete Auflaufform setzen, füllen. Im vorgeh. Backofen ca. 25 Min. bei gut 200°C überbacken.

Bratkartoffeln

Für herzhafte Bratkartoffeln sind festfleischige Kartoffelsorten gefragt.

Für Bratkartoffeln aus gekochten Kartoffeln möglichst Pellkartoffeln vom Vortag einsetzen.

Bratkartoffeln mit Zwiebeln

Fett in einer Pfanne erhitzen, Kartoffelscheiben kurz anbraten.
1 gehackte Zwiebel zufügen, weiterbraten, bis die gewünschte Bräune erreicht ist.

Bratkartoffeln werden knuspriger, wenn man sie vor dem Anbraten mit Mehl oder Semmelbrösel bestreut.

Der Geschmack der Bratkartoffeln wird pikanter, wenn Wurst- oder Schinkenwürfel mitgebraten werden.

Pro Person rechnet man ca 250g gekochte Kartoffeln. Sie können sowohl in Scheiben als auch in Würfel oder Stifte geschnitten werden.

Bauernfrühstück

60g durchwachsenen Speck würfeln, in einer Pfanne glasig werden lassen

ca 800g Pellkartoffeln geschnitten zugeben, salzen u. hellbraun braten.

400g Tomaten mit kochendheißem Wasser überbrühen, häuten, entkernen, würfeln.

4-6 Eier und 4-6 EL Milch verquirlen u. leicht salzen, mit den Tomatenwürfeln mischen.

2 EL Schnittlauchröllchen zufügen.

Die Eiermasse auf die Kartoffelscheiben gießen. In etwa 8-10 Min. stocken lassen.

Dazu schmeckt ein Blattsalat. Je nach Belieben können Schinken- oder Wurstwürfel mitgebraten werden.

Kartoffelpuffer - Reibeplätzchen

1 1/2 Kg rohe Kartoffeln
2 Eier, 1 Tl Salz
2 EL Paniermehl
Fett zum Ausbacken.

Die Kartoffeln grob reiben und sofort mit den Eiern und dem Paniermehl vermengen. Anstelle von Eiern u. Paniermehl können auch 2-3 gekochte, geriebene Kartoffeln zugesetzt werden. Je mehr Bindemittel man dem Teig zugesetzt, desto fester werden die Puffer. Die Pfanne muss sehr heiß sein, wenn der Teig eingelegt wird, sonst dringt zu viel Fett ein. Den fertigen Teig sofort abbacken!

Der Kartoffelpufferteig wird nicht so schnell dunkel, wenn eine mittelgroße Zwiebel hineingerieben wird.

Kartoffelpuffer werden bekömmlicher, wenn man ein paar Möhren unter den Teig reibt.

Wenn man dem Kartoffelpufferteig etwas Backpulver zusetzt, sind die Kartoffelpuffer leichter verdaulich.

Kartoffelpuffer mit Käse

1 Packung Kartoffelpulver nach Anweisung zubereiten. Mit
5 EL geriebenen Käse, 1 EL Schnittlauchröllchen,
1 EL Zwiebelwürfel, 2 EL feingewürfelter Schinken und 2 EL Mehl mischen.

Aus dem Teig Bällchen formen, flach drücken, nach Belieben in Paniermehl wenden. Von beiden Seiten knusprig braun braten. Dazu schmecken Rohkostsalate, aber auch Apfelkompott.

Soßenkartoffeln

Bechamelkartoffeln

750g kleine Kartoffeln, kochen, pellen.
75g durchwachsenen Speck würfeln, in einen Topf geben und in
30g Butter ausbraten.
1 gehackte Zwiebel darin andünsten,
mit 25g Weizenmehl bestäuben.
1/4l Fleischbrühe und
1/8l Milch oder Sahne hinzugießen, mit dem Schneebesen durchschlagen. Die Soße zum Kochen bringen. Etwa 5 Min. köcheln lassen. Mit
Salz, Pfeffer und Muskat würzen, abschmecken. Die Kartoffeln in Scheiben schneiden und in der Soße erhitzen.
2 EL gehackte Petersilie unterrühren.
Dazu schmeckt ein Rohkostsalat.
Das Gericht kann mit Schinkenwürfeln ergänzt werden.

Pellkartoffeln in Sahnesoße

750g mehlig kochende Kartoffeln kochen, pellen und würfeln.
200g gekochten Schinken würfeln.

Für die Sahnesoße

40g Butter erwärmen,
40g Mehl anschwitzen, (Siehe Grundsoße S. 336),
3/8l Milch hinzugießen, mit dem Schneebesen durchschlagen. Soße etwa 5 Min. köcheln lassen.
1/4l Schlagsahne einrühren. Kartoffel-u. Schinkenwürfel hinzufügen. Mit
Salz, Pfeffer, Muskat würzen. 2 EL geh. Dill zugeben.

Kräuterkartoffeln.

1 Kg kleine feste Kartoffeln kochen, pellen u. erkalten lassen. Dann in 60-80g heißer Butter von allen Seiten braun braten. Mit Salz würzen.
1 EL geh. Thymianblättchen, 1 EL Basilikum, Rosmarin, Kerbel u. etwas Pfeffer mischen, überstreuen, 2-3 Min. mitbraten.

Schwedische Rahmkartoffeln

1 Kg gekochte Kartoffeln auskühlen lassen, in Scheiben schneiden.

80 g Butter in einer hohen Pfanne erhitzen, die Kartoffelscheiben darin leicht anbraten. Mit etwas Salz, Pfeffer und Thymian würzen.

1 Becher Sahne mit 1 Ei und 1/8 l Milch verschlagen, leicht mit Salz, Pfeffer, Thymian würzen und über die Kartoffeln gießen. Mit ca 150 g geraspeltem Käse überstreuen. Aufkochen und 10 Minuten ziehen lassen. Mit 1 Bund gehackter Petersilie bestreut servieren.

Abänderung: Die Milch kann gegen Sahne ausgetauscht werden.

Serviervorschlag: Die Kartoffeln passen zu Fleisch und Fisch, zu Gemüse und Salat.

Westfälische Mettpfanne

1,5 Kg rohe Kartoffeln
in sehr dünne (!) Scheiben
schneiden, in eine Auflaufform füllen,
500 g pikant abgeschmecktes Mett darauf verteilen,
3 gewürfelte Zwiebeln darüber streuen,
1 - 1½ Becher Sahne mit
1 TL gerebelten Majoran mischen, darüber
gießen, mit
100 g geraspeltem Käse bestreuen.
Butterflöckchen aufsetzen.
Die Auflaufform mit einem Deckel oder mit Alufolie schließen. Garzeit: ca. 90 Min. bei 210°C.
15 Min. vor Ende der Garzeit den Deckel abnehmen und leicht überkrusten.
Dazu passt ein knackiger Salat und Bier.

Kartoffeln aus der Friteuse

Dauphine-Kartoffeln

Rezept f. 6 Portionen

750g Kartoffeln schälen, kochen.

Brandteig:

1/4 l Wasser u. 50g Butter in einem Topf zum Kochen bringen. Ein Gemisch aus

150 g Mehl und 30g Speisestärke unter Rühren zugeben, weiterrühren, bis sich ein Kloß gebildet hat. Nach und nach

4 Eier unterrühren.

1 gestrichenen Tl Backpulver in den abgekühlten Teig geben. Die gegarten Kartoffeln abgießen, durch die Kartoffelpresse drücken und mit dem Brandteig verrühren. Mit Salz, Pfeffer und Muskat würzen. Mit 2, in das heiße Fett getauchten Teelöffeln Bällchen abstechen, in das heiße Fritierfett gleiten lassen u. backen.

Kartoffelkroketten

750 g Kartoffeln schälen, kochen, abgießen, durch die Kartoffelpresse drücken oder gut stampfen. Erkalten lassen. Mit
2-3 Eigelb verrühren, mit
Salz und Muskat abschmecken. Aus dem Teig knapp 2 cm dicke und 5 cm lange Röllchen formen, die Röllchen zunächst in
1 verschlagenen Ei, dann in ca.
60 g Semmelbrösel wenden. Schwimmend in Ausbackfett 2-3 Minuten goldbraun backen.

Abänderung:

Anstelle von Paniermehl ca. 100 g Mandelblättchen einsetzen.
Anstelle von Röllchen Kugel oder Plätzchen formen.

Wenn hier daheim
Kartoffelpuffer qualmen
Das nenn' ich Weihrauch,
Das nenn' ich Poesie ... !
(Endrikat)

Das Reis-A-B-C

Reis

Besonders geschätzt wird seine entwässernde Wirkung.
Eine Diät aus ungesalzenem und ungezuckertem Reis mit gedünstetem Obst ist eine wirksame und gesunde Schlankheitskur. Ein einzelner Reistag in der Woche bedeutet eine Entlastung für unseren Stoffwechsel.

Zubereitung

Bei der Zubereitung unterscheidet man drei recht unterschiedliche Garurungsarten.
Die Angaben der nachfolgenden Grundrezepte beziehen sich auf

1 Portion.

1. Wasserreis

3/4 l Wasser mit
1/2 TL Salz zum Kochen bringen.
60 g Reis in das kochende Wasser geben. 12-15 Minuten ohne Deckel köcheln lassen. Dann abgießen, lauwarm überspridein und abtropfen lassen. Den Reis in den Topf zurückgeben und 12 Min. trocken dämpfen.

Butterreis

10 - 15 g Butter unter den fertigen Reis ziehen

Kräuterreis

10-15 g Butter und reichlich frische Körner unter den Reis ziehen.

Curryreis

15-10 g Butter und
1/2 TL Curry unter den fertigen Reis ziehen.

2. Quellreis

1/4 l Wasser (knapp) mit
1/4 TL Salz zum Kochen bringen.
50-60 g Reis in das sprudelnde Wasser geben, Topf schließen und bei schwacher Hitze auf dem Herd oder im Backofen 20-25 Min. ausquellen lassen, bis alle Flüssigkeit aufgenommen ist.

Tomatenreis

Wasser durch Tomatensaft ersetzen. Butter unter den fertigen Reis ziehen

Pikanter Reis

Wasser durch Brühe (Instant) ersetzen. Die Salzzugabe entfällt Butter unter den fertigen Reis ziehen. Kräuter zufügen.

3. Risotto

1/4 l Brühe zum Kochen bringen. 1/2 Zwiebel würfeln und in 10 g Fett dünsten. 60 g Reis zufügen, unter Rühren glasig werden lassen, dann die kochende Brühe zugeben. Den Topf schließen. Bei schwacher Hitze in 20-25 Min gar quellen lassen.

Käsereis: 40 g geriebenen Käse u. 10 g Butter unter den heißen Reis ziehen.
Champignonreis: Reis mit Hühnerbrühe garen. 60 g Pilze in Butter dünsten und zugeben.
Gemüsereis: Lauch o. Möhren zerkleinern, Erbsen-Gemüse in Butter dünsten, unter den mit Hühnerbrühe gegarten Reis ziehen.

Tips für die Praxis

Reis kocht nicht über, wenn der Topfrand eingefettet oder etwas Butter zugefügt wird.

Ein Esslöffel Öl sorgt dafür, dass die Körner nicht zusammenkleben.

Gibt man 1 Spritzer Zitronensaft ins Kochwasser, bleibt der Reis hell.

Gewicht und Volumen des Reises verdreifachen sich beim Kochprozess.

Wenn das Reiskorn ein X bildet, ist es übergart.

Wenn Sie den gekochten Reis mit einem Tuch abdecken, das den Dampf aufnimmt, wird der Reis nicht klumpig.

Reis vor dem Servieren mit einer Gabel durchlockern.

Reisreste kann man zum Wiederaufwärmen über Wasserdamp halten o. in der Mikrowelle erhitzen.
Man kann ihn auch in einer Pfanne mit etwas Fett durchbraten.

Reis kann zu allen Gemüse- und Fleischarten gereicht werden. Besonders gut harmoniert Reis mit Geflügelfleisch.

Lauch - Reis

250 g	Langkornreis körnig kochen.
750 g	Lauch (Porree) in feine Scheiben schneiden
1	gehackte Zwiebel in
50 g	Butter andünsten.
500 g	Hackfleisch zufügen und anbraten. Dann den Lauch zugeben. Mit
1/8 l	Brühe (Instant) auffüllen, mit
Salz	und Pfeffer abschmecken und bei schwacher Hitze gardünsten.

Vor dem Anrichten das Fleisch zum Reis geben und mischen.

Variation: Statt Gehacktes zerkleinertes Geflügelfleisch einsetzen oder Fleischreste verwerten.

Hühnerfrikassee

mit Curryreis

1 gekochtes Suppenhuhn –
von Haut und Knochen befreien und in Stücke schneiden. Aus
50g Butter und 40g Mehl eine helle Schwitze bereiten, mit
1/2 l abgeschmeckter Hühnerbrühe ablöschen.
1 Eigelb und
1/8 l Sahne verquirlen, die Soße damit abziehen. Mit
Weiß-wein u. Zitronensaft evtl. Salz kräftig abschmecken.
1 kl. Dose Spargelstückchen abtropfen lassen, mit dem Fleisch zur Soße geben.

240g Langkornreis körnig kochen.
30g Butter und 2 Tl Curry unterheben.
Eine Ringform mit Öl einpinseln, Curryreis hineindrücken und auf eine Platte stürzen. Hühnerfrikassee im Reisring anrichten.

Bunte Reispfanne

2 EL Öl in einem Topf erhitzen,
1 gehackte Zwiebel darin glasig dünsten.
220 g Langkornreis und
3/8 l Fleischbrühe (Instant) zufügen, sprudelnd aufkochen lassen. Dann
1/8 l trockenen Weißwein zugeben. Topf schließen. Bei milder Hitze 25 Min. dünsten.
300 g TK-Erbsen in etwas Salzwasser garen,
300 g feste Tomaten enthäuten, vierteln, entkernen u. jedes Viertel quer halbieren.
1 Bd. Kräuter grob hacken,
4 Würstchen scheibeln, zusammen mit
70 g geriebenen Emmentaler zum Reis geben und mischen.

Dazu schmeckt sowohl ein Blattsalat, als auch ein Tomaten-Gurkensalat.

Variation: Statt Reis Nudeln oder Spätzle einsetzen.

Curryreis

200 g Langkornreis mit
3/8 l Fleischbrühe (2 TL Instantbrühe) in einem Topf sprudelnd aufkochen lassen. Zugedeckt bei schwacher Hitze 25 Min. garen.
40 g Butter in einer Pfanne erhitzen.
1 gehackte Zwiebel und
4 in feine Stücke geschnittene Ananasringe zufügen, leicht bräunen lassen. Den fertigen Reis untermischen, noch ca. 3 Min. unter Rühren mitgaren lassen. Zum Schluss
50 g Rosinen zugeben und mit reichlich
Currysoße (Flaschenangebot) oder mit Currypuder würzen. Evtl. noch etwas Ananassaft zugeben.

Serviervorschlag: Mit Geflügelfleisch servieren oder Scampi oder Geflügelfleisch untermischen.

Schinken - Pfeffer - Reis

Ca 120g Schinkenspeck in dünne Scheiben, dann in Streifen schneiden. In einem Topf glasig braten.

2 Knoblauchzehen auspressen, mit

2 gehackten Zwiebeln im Speckfett goldgelb braten.

1 Bund Petersilie hacken, zusammen mit

240 g Langkornreis zum Fett geben und unter Rühren anbraten (ca. 1/2 Minute).

1/2 l Fleischbrühe auffüllen, einmal sprudelnd im offenen Topf aufkochen lassen. In ca. 25 Min. bei schwacher Hitze garziehen lassen. Nach etwa 10 Min.

Majoran zugeben. Den fertigen Reis sehr stark mit Pfeffer würzen u. abschmecken.

Dazu schmeckt ein Rohkostsalat, bestreut mit Schafskäse u. einer Salatsoße serviert.

Gulasch im bunten Reisrand

500g Rindfleisch in grobe Würfel schneiden in
Öl scharf anbraten.
2 geh. Zwiebeln und
1 Bund Suppengrün kleingeschnitten mit anbraten.
1/4 l heißes Wasser zufügen, mit Salz u. Paprika würzen. In ca. 1 Std. gar schmoren lassen.
Die Soße mit Mehl binden und mit Madeira abschmecken.

250g Reis als Risotto zubereiten.
250g gewürfelte Karotten und
250g grüne Erbsen gar dünsten.
Das gegarte Gemüse unter den heißen Reis ziehen.
Aus dem Reis einen Reisring (siehe Seite 159) bereiten und mit Gulasch füllen. Fleisch und bunter Reis können jedoch auch separat serviert werden.

Nudeln, Makkaroni und Co

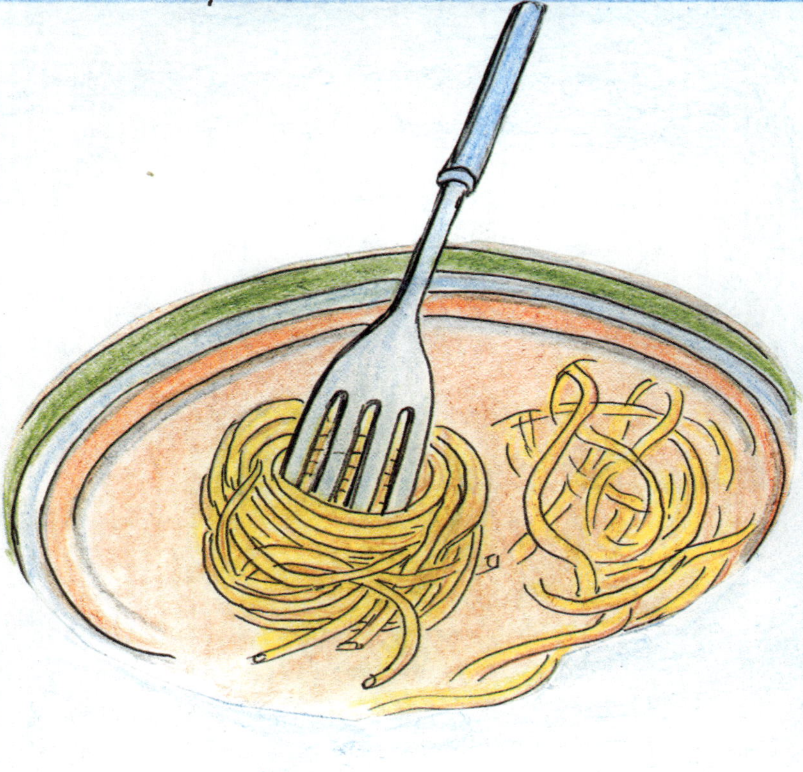

Ein kleines Lächeln ist wie das
tägliche Kleingeld.
Ohne dieses kann man im Leben
nicht auskommen.
(Frei nach Heinz Rühmann)

Mama mia!
Mama mia!
Die besten Spaghetti der Stadt!

Teigwaren . . .

Es sind kochfertige Erzeugnisse, die aus Weizengrieß oder Weizenmehl mit oder ohne Ei hergestellt werden.
Eierwaren enthalten je Kg mindestens 3 Eier.

- Teigwaren sind leicht verdaulich.
- Bei geringer Fettzugabe können sie in der Diätkost eingesetzt werden.
- Vollkornteigwaren sind ernährungsphysiologisch wertvoller als die hellen Produkte.
- Sie besitzen einen neutralen Geschmack, sie können darum sowohl pikant als auch süß zubereitet werden.

Tips für die Kochpraxis

Teigwaren in reichlich kochendem Salzwasser garen und nicht zu weich kochen.

Abschrecken - Damit die Nudeln nicht zu sehr abkühlen, können sie auch mit heißem Wasser abgebraust werden.

Etwas Öl ins Kochwasser geben. Es verhindert das Zusammenkleben.

Gekochte Nudeln

Makkaroni, Spaghetti, Spätzle, Band-, Form- und Suppennudeln . . .

Zutaten:

2 l Wasser, 1 Tl Salz, 3 TL Öl, 250g Nudeln.

Die Nudeln ganz oder gebrochen in das kochende Wasser geben.

Die Spaghetti am Topfrand ins heiße Wasser stellen. So rutschen sie beim Weichwerden langsam in den Topf. Einmal umrühren und aufkochen. Bei kleiner Energiezufuhr Nudeln – je nach Sorte – in 10 - 15 Min. gar köcheln.
Wenn sie noch leicht bissfest sind, aber bereits weich, können sie durch einen Durchschlag abgegossen werden. Die Nudeln ganz kurz mit heißem Wasser überbrausen, dann abtropfen lassen und in einer Schüssel anrichten.

Geschmackgebende Zutaten

Die geschmackgebenden Zutaten können mit serviert werden, oder die Nudeln werden vor dem Anrichten damit vermischt.

- Hinzugabe von Butterflöckchen und gehackten Kräutern,
- von geriebenem Käse,
- von Ketchup oder Tomatensoße,
- von Butter und Schinkenwürfeln,
- von gerösteten Zwiebelwürfeln,
- von Pilzen und gedämpftem Gemüse
- von Hackfleischsoßen,
- von Schinkenwürfeln,
- von Thunfischsoße,
- von Garnelen,
- von gekochten Eiern und Tomatensoße.

Nudeln
mit Käse und Kräutern

250 g Nudeln wie angegeben kochen und abtropfen lassen. In den Topf zurückgeben u. mit
100 g Butter,
6 EL frischen Kräutern,
2 Eckchen Kräuterkäse mischen, mit
Salz und Pfeffer abschmecken.

Variation: Statt Käse 250 g gedünstete Pilze unterheben.

Bunte Nudelpfanne

Siehe Rezept „Bunte Reispfanne" Seite 160.

Anstatt Reis Nudeln einsetzen.

Nudeln mit Thunfisch

250 g grüne oder gelbe Bandnudeln in Salzwasser mit 3 TL Öl u. 3 Tropfen Tabascosauce in ca. 12 - 15 Min. bissfest garen, dann abtropfen lassen.

300 g grüne Erbsen garen u. über ein Sieb schütten.

200 g Thunfisch abtropfen lassen. Je

2 Zwiebeln und Knoblauchzehen hacken, in

3 EL erhitztem Thunfischöl glasig werden lassen. Den in Stücke zerpflückten Thunfisch zufügen

125 ml Hühnerbrühe und

100 ml trockenen Weißwein zufügen, mischen, einmal aufkochen lassen. Diese Masse mit

2 EL Kapern, den abgetropften Nudeln und mit den Erbsen mischen. Mit etwa

2 Msp. weißem Pfeffer und

2 EL gehackten Kräutern würzen und abschmecken.

Variation: Statt der Erbsen können 250 g Pilze und 300 g enthäutete, entkernte und gewürfelte Tomaten geschmort zugegeben werden.

Schinkennudeln

250 g Nudeln wie angegeben kochen und über ein Sieb schütten. Je
1 Zwiebel und Knoblauchzehe fein hacken u. in
15 g Butter in einer Pfanne andünsten.
100 g gekochten Schinken in feine Streifen,
40 g Trockenschinken in Würfel und
140 g Champignons - frisch oder aus der Dose - in Scheiben schneiden. In die Pfanne geben und 3-5 Minuten dünsten.
125 ml süße Sahne dazugießen. Mit Salz, frischgemahlenem Pfeffer und etwas Muskat abschmecken. Etwas köcheln lassen.
Die abgetropften Nudeln in eine Schüssel geben und mit der Schinken-Sahne-Soße mischen. Mit feingehackter Petersilie überstreuen.
Zu diesem leichten Schnellgericht passen Blatt- und Rohkostsalate.

Mailänder Nudeln

250 g Nudeln wie angegeben kochen und über ein Sieb schütten.

50 g Butter in einem Topf erhitzen. Je
2 gehackte Zwiebeln und Knoblauchzehen darin goldgelb braten.

1 große Dose geschälte Tomaten über ein Sieb schütten. Tomaten hacken und zusammen mit dem Tomatensaft zu den Zwiebeln geben.

1 TL getrocknete Kräuter der Provence zufügen und alles dickflüssig einkochen lassen. Dann
1 kleinen Becher Crème fraîche einrühren. Mit
Salz und Pfeffer abschmecken.

Nudeln in eine Auflaufform füllen und die Tomatensoße darüber gießen. Mit
100 g Parmesan oder Emmentaler Käse überstreuen. - Man kann auch den Käse würfeln u. zur Soße geben. In den auf
220°C vorgeheizten Backofen schieben u. etwa
15 Minuten überbacken.

Lasagne

250 g Band- oder Plattennudeln kochen und über ein Sieb schütten.
2 große Zwiebeln würfeln,
6 Tomaten achteln, Herd auf 200°C vorheizen.
2 EL Öl erhitzen,
400 g Hackfleisch darin kräftig anbraten. Zwiebeln und Tomaten zugeben, gut durchschmoren lassen.
1/8 l Fleischbrühe (Instant),
4 EL Tomatenketchup, je 1 Prise Oregano,
Salz, frischgemahlenen Pfeffer, Majoran, Thymian,
1 EL Petersilie zur Hackfleischmasse geben und noch 10 Minuten durchschmoren lassen.

Eine vorbereitete Auflaufform wie folgt füllen:
- 3/4 der Bandnudelmenge - Fleischsoße - reichlich geraspelten Edamer, die restlichen Bandnudeln - zum Schluss ein paar Butterflöckchen darauf verteilen. Ca. 30 Min. überbacken.

Nudelauflauf

250g Nudeln wie angegeben kochen, über ein Sieb schütten und abbrausen.
2 grüne Paprikaschoten würfeln.
2 Zwiebeln hacken, in einer Pfanne in
2 El Öl gar dünsten. Mit
400g in Scheiben geschnittenen Würstchen und mit den abgetropften Nudeln mischen.
Eine helle Grundsoße herstellen - siehe Seite 336, mit
2 Eckchen Käse, Pfeffer und Salz abschmecken.
Die Nudelmasse in eine gefettete Auflaufform füllen, die Soße darüber geben.
Im vorbereiteten Backofen ca. 30 Min. bei 200-210°C überbacken.
Dazu schmeckt ein Blatt- oder Rohkostsalat.

Herzhafte Aufläufe

Sei im eigenen Hause du selber
das beste Geräte.
Bist du des Hauses Zier, ist es am
Schönsten geziert.
Nicht des Hauses glänzender Ruhm
rühmet die Hausfrau,
Aber der Hausfrau Ruhm rühmet
am Besten das Haus.

(A. W. Becker)

NU-
DELN

Aufläufe

„Abwechslung stärkt den Appetit!"

Das Tolle an den Aufläufen ist ihre Vielfalt. Aus den unterschiedlichsten Zutaten kann mal etwas Deftiges, mal etwas Raffiniertes gezaubert werden.
Doch Abwechslung stärkt nicht nur den Appetit, sondern die abwechslungsreiche, vielseitige Ernährung sorgt gleichzeitig dafür, dass wir alle lebensnotwendigen Stoffe in ausreichender Menge aufnehmen und einer einseitigen Fehlernährung vorbeugen.

Aufläufe sind vielseitig und gesund!

Allgemeine Regeln

Aufläufe werden in feuerfesten Formen gebacken und darin angereicht.
Die Formen müssen vor dem Einsatz eingefettet werden.
Sie werden nur zu 3/4 gefüllt.
Die eingefüllte Masse mit Butterflöckchen

belegen oder mit Semmelmehl abdecken. Dadurch wird der Inhalt vor dem Austrocknen geschützt und die Krustenbildung gefördert.

- Die Backofenhitze darf nicht zu stark sein. Aufläufe im Allgemeinen mit stärkerer Unterhitze und schwächerer Oberhitze backen.
- Sind Unter- und Oberhitze nicht separat zu schalten, wählt man die untere Backofenschiene.

Tips für die Kochpraxis

Auflaufformen

In großen, flachen Formen lässt sich der Auflauf schneller garen. Der Krustenanteil an der Oberfläche ist besonders groß, der Anteil an Röststoffen ist dementsprechend hoch.

- Gerichte in hohen, runden oder eckigen Formen benötigen eine längere Garzeit und damit einen höheren Energieverbrauch. Der Krustenanteil ist gering.
- Die im Rezept angegebene Garzeit kann sich verändern.

Einfetten

Die Auflaufform soll zwar gut eingefettet werden, doch Vorsicht, ein 1½ cm breiter Rand von innen sollte nicht gefettet werden. Das Fett backt fest und wird braun. Vor dem Backen ist die Form also sorgfältig abzuputzen.

Aufläute mit gegarten Nahrungsmitteln werden ohne Deckel gegart. Der Auflauf wird bei mittelstarker Hitze gebacken, bis die Oberfläche hellbraun ist.

Aufläute mit rohen Zutaten oder leicht vorgegarten Zutaten, müssen mit Deckel gegart werden, da der Auflauf sonst an der Oberfläche verbrennt und innen nicht gar wird. 1/4 Stunde vor Ende der Garzeit nimmt man den Deckel ab, damit die Oberfläche einen Krusten- und Röststoffanteil erhält.

Ist beim Garen ohne Deckel die gewünschte Bräunung bereits vorhanden, doch die im Rezept angegebene Backzeit noch nicht zu Ende, muss der Auflauf abgedeckt werden. Ersatzweise kann man auf Alufolie zurückgreifen.

Aufläute mit Eischnee müssen sofort abgebacken werden, sonst fällt der Eischnee wieder zusammen. Vorsicht! Eischnee verbrennt schnell!
Hat der Auflauf eine längere Garzeit, ist der Eischnee erst kurz vor Schluss des Backprozesses aufzusetzen und evtl. bei abgeschaltetem Backofen zu garen.

Zu dunkel gewordene Oberflächen vorsichtig ablösen, danach die Oberfläche mit verquirltem Ei bestreichen und noch einmal kurz überbacken.

Spargelauflauf

ca 750g Spargel kochen, abtropfen lassen,
200g gekochten Schinken würfeln,
Eiermilch herstellen:

1/4l Milch, 2 Eier, 2 Eckchen Käse verquirlen. Mit
Salz, Pfeffer und Muskat abschmecken.
Spargel in eine vorbereitete Auflaufform füllen, Schinkenwürfel darüber streuen. Eiermilch darüber gießen.
30 g Butterflöckchen aufsetzen. Etwa 45 Minuten bei 200°C backen.

Auf gleicher Weise kann ein Blumenkohl-, Brokkoli-, Rosenkohl- und Kohlrabiauflauf zubereitet werden.

Blumenkohlauflauf

1 großen Kopf Blumenkohl zerteilen, 5-10 Min. bissfest kochen lassen. Danach auf ein Sieb schütten und abgetropft in eine vorbereitete Auflaufform füllen.

Schinken- Käse- Soße

1 Rezept helle Grundsoße mit je
1/4 l Gemüsewasser und Milch auffüllen.
1 Eckchen Sahne- oder Kräuterschmelzkäse zufügen und unter Rühren auflösen.
4 Scheiben gekochten Schinken würfeln und mit der Soße vermischen.
Soße über den Blumenkohl gießen und etwa 15 - 20 Minuten bei 200°C überbacken.
5 Minuten vor Ende der Garzeit mit geriebenem Käse überstreuen.

Blumenkohl-Reste-Auflauf

Gekochte Kartoffelreste in Scheiben oder Würfel schneiden.
Blumenkohlreste darauf verteilen.
4 Scheiben gekochten Schinken würfeln.
Die Zutaten nacheinander in eine vorbereitete feuerfeste Form füllen.
Eine Schinken-Käse-Soße darübergießen.
Im vorgeheizten Backofen ca. 30 Min. bei 200 °C backen. 5 Minuten vor Ende der Garzeit mit geriebenem Käse bestreuen.

Lauch-Auflauf

1000 g Lauch oder Porree in
40 g Butter und ca 4 EL Brühe dünsten, in eine vorbereitete Auflaufform füllen.
1 Rezept helle Grundsoße herstellen, mit
200 g Schmelzkäse verrühren und über das Gemüse geben.
Etwa 25 Min. bei 200 °C überbacken.

Lauch - Kartoffel - Käse - Kasserolle

125g Schinkenspeck würfeln,
2 Zwiebeln in Ringe schneiden und in
30g Butter glasig dünsten. Dann ca.
500g Lauch scheibeln, kurz mitdünsten.
2 EL gehackte Petersilie zum Schluss untermischen.
500g gekochte Kartoffeln scheibeln. Davon die Hälfte in eine vorbereitete Auflaufform füllen. Speck-Gemüsemasse darauf verteilen, mit
5 Scheiben Käse belegen. Die restlichen Kartoffelscheiben darauf schichten.
1/4 l Milch mit
3 Eiern verquirlen mit
Salz, Pfeffer und Muskat sehr gut würzen, über die Kasserolle geben, und im vorgeheizten Backofen 40-50 Minuten backen.

Gemüse Auflauf

Ca 750 g gekochte Kartoffeln - 3/4 der Menge in eine vorbereitete Auflaufform füllen.
Ca. 400 g pikant abgeschmecktes Mett darauf verteilen. Ca.
500-700 g Gemüse Ihrer Wahl, Kohlrabi, Weißkohl, Wirsing, Lauch bissfest kochen, abgetropft über das Fleisch geben. Die restlichen Kartoffeln darüber streuen.
200 ml Crème fraîche mit 1½ Tl Stärkemehl und
Sahne glattrühren, mit Kräuter der Provence,
Salz und Pfeffer abschmecken und über den Auflauf ziehen. Mit
100 g geraspeltem Käse überstreuen, Butterflöckchen aufsetzen. Ca. 30 Min. bei 210°C backen.

Brokkoli-Auflauf

Zubereitung siehe oben. Brokkoli gut abtropfen lassen. Statt Mett 4 Scheiben gekochten, gewürfelten Schinken einsetzen. Etwas pikanter abschmecken, da Schinken nicht so würzig ist wie Mett.

Auberginen - Auflauf

500g Pellkartoffeln pellen, scheibeln,
1 große Aubergine längs in Scheiben schneiden, in
Olivenöl anbraten. Bei Bedarf abtropfen lassen.
400g Hackfleisch mit
2 gewürfelten Zwiebeln u. 1 Knoblauchzehe mischen.
Würzen und abschmecken mit
Salz, Rosmarin, Thymian und Paprika.
2 Fleischtomaten in Scheiben schneiden. Nacheinander Auberginen, Tomaten, Hackfleisch u. Kartoffelscheiben in eine vorbereitete Auflaufform schichten.

Soße: Aus 30g Butter, 30g Mehl u. 1/4 l Milch eine helle Grundsoße bereiten.
150g Crème fraîche, 1 Ei, Salz u. Muskat darunter schlagen. Die Soße über den Auflauf gießen. 45 Min. bei 210 °C backen.

Zucchini - Champignon - Auflauf

600 g	Zucchine und
500 g	Champignons putzen und in dicke Scheiben u.
1	Zwiebel in Ringe schneiden.
30 g	Butter in einer Pfanne erhitzen und das Gemüse ca. 5 Minuten darin dünsten. Saft
1	Knoblauchzwiebel zufügen. Mit
Salz,	Pfeffer und 1 gestrichenen TL Estragon würzen.
1 EL	Zitroensaft darüber träufeln lassen.

Eiermilch:

4	Eier mit 4 EL Milch und 150 g Crème fraîche verquirlen, mit Salz u. Pfeffer abschmecken.
50 g	geriebenen Gouda unterziehen. Gemüse und Eiermilch mischen und in eine vorbereitete Auflaufform füllen. Mit
50 g	Parmesankäse und
2 EL	Sesamsamen bestreuen. Butterflöckchen aufsetzen. Im vorgeh. Backofen ca. 20 Min. bei 210 °C backen. Die Eimasse muss fest sein.

Variation: In Scheiben geschn. gekochte Kartoffeln mit dem Gemüse mischen.

Lauch-Schinken-Gratin

Je nach Größe
4-6 Lauchstangen in Salzwasser gar kochen.
40 g Butter erhitzen und
2 gehackte Zwiebeln darin goldgelb werden lassen.
1 gehäufteten Teelöffel Mehl einrühren, mit fast
1/2 l Gemüsewasser ablöschen. Mit
Salz, Pfeffer und reichlich Tomatenmark ab-
schmecken.
Die gut abgetropften Lauchstangen mit je
1 Scheiblette Käse und
1 Scheibe gekochten Schinken umwickeln.
Lauchstangen in eine vorbereitete Auf-
laufform legen. Die Soße darüber gießen
Im vorgeheizten Backofen ca. 25 Min.
bei 210° C überbacken.

Variation: Statt Tomatensoße eine Käse-
soße einsetzen.

Auflauf mit Mangold ode Spinat und Fischfilet

600g Pellkartoffeln pellen und scheibeln.
500g Mangold oder Spinat 3 Min. blanchieren, abtropfen lassen, grob schneiden, leicht salzen und pfeffern.
500g Fischfilet nach dem 4-S-System vorbereiten.
150g Käse grob reiben.
1 kleinen Becher Crème fraiche mit
2 Eiern, Pfeffer u. 2-3 EL Wasser verquirlen. Die halbe Käsemenge zufügen. In eine vorbereitete Auflaufform zuerst die Kartoffelscheiben schichten, dann die halbe Soßenmenge darüber ziehen, darauf das Gemüse legen.
40g geschmolzene Butter darüber gießen.

Fischfilets darauf legen und mit der restlichen Soße bedecken. 20-25 Min. bei 210-220°C überbacken. 5 Min. vor Ende der Garzeit mit dem restlichen Käse überstreuen.

Der Auflauf als Resteverwertung

Wahlweise werden die Reste gemischt oder schichtweise in eine Auflaufform gefüllt.

Auflauf in Schichten eingefüllt:

1. und letzte Schicht bilden in der Regel die Beilagenreste, z. B. gekochte in Scheiben geschnittene oder gewürfelte Kartoffeln, Kartoffelbrei, Reisreste, Nudelreste, auch Toast. Als
2. Schicht können vorhandene Gemüsereste eingesetzt werden. Darauf folgen, wenn vorhanden, als
3. Schicht gewürfelte oder in Streifen geschnittene Fleischreste. Wahlweise kann als
4. Schicht wieder ein Beilagerest folgen. Oder man verzichtet darauf und gießt

stattdessen wahlweise eine Soße o. Eiermilch über die eingefüllten Auflaufzutaten oder man setzt nur Butterflöckchen auf.
Kurz vor Ende der Garzeit kann der Auflauf mit geriebenem Käse bestreut werden.
Selbstverständlich können die vorhandenen Reste auch mit frisch gegarten Zutaten verwertet werden. Der Phantasie sind hier keine Grenzen gesetzt.

Sauerkrautauflauf als Resteverwertung

3/4 der vorhandenen Menge Kartoffelpüree in eine vorbereitete Auflaufform füllen. Mit Sauerkraut abdecken.
Restefleisch, zerkleinerte Brühwürstchen oder abgeschmecktes Mett darauf verteilen. Den Kartoffelbreirest glatt darüber streichen. Mit einem kleinen Löffel ein Muster eindrücken.
Butterflöckchen aufsetzen. Etwa 25-30 Min. bei 200°C überbacken.

Der Eintopf –
die klassische Hausmannskost

„Gebricht Dir ein Arzt,
nimm diese Drei:
Freude, mäßige Mahlzeit
Ruhe dabei!!! "

Eintopfgerichte

Wissenswertes über Eintopfgerichte

Der Eintopf ist eine gesunde Hausmannskost, die sich von jeher einer besonderen Beliebtheit erfreut.
Grundsätzlich unterscheidet man drei verschiedene Arten der Zubereitung:

1. Man kann alle Zutaten zusammen aufsetzen und garen.
2. Das in Würfel geschnittene Fleisch kann zuerst angebraten und dann mit den übrigen Zutaten gegart werden.
3. Die Hauptzutaten werden einzeln gegart, danach in einen Topf oder in eine Auflaufform geschichtet.

Gewürze sollen sofort beim Einschichten dazugegeben werden. So zieht der Geschmack besser durch, Umrühren läßt sich vermeiden.

Für Kartoffel-Eintopfgerichte

bevorzugt man eine weichkochende Sorte. Die gewünschte Bindefähigkeit wird hiermit besser erreicht.

Beim Garen im Dampfdrucktopf

verkürzt sich die Garzeit. Zeit und Energie können eingespart werden. Der Verlust an Geschmacksstoffen und Vitaminen ist geringer.

Gemüse - Eintopf

500 g Möhren,
100 g Sellerie und
800 g Kartoffeln in sehr feine Würfel schneiden.
3 Zwiebeln hacken.
60 g Butter in einem Topf erhitzen, Gemüse und Kartoffeln darin andünsten. Mit
1 ½ l Fleischbrühe (Instant) ablöschen, zum Kochen bringen u. etwa ½ Std. köcheln lassen.
2 Porreestangen und
½ - 1 Bund Frühlingszwiebeln, in Ringe geschnitten, zufügen. Aus
300 g Gehacktem einen Hackteig bereiten, daraus Klößchen formen, auf das Gemüse legen, das Gemüse langsam weiter garen, bis die Klößchen gar sind. Mit Salz u. Pfeffer abschmecken, durchziehen lassen.

Grüne Bohnen - Eintopf

2 Tiefkühlpackungen (a. 300 g) grüne Brechbohnen kurz überbrühen, mit kaltem Wasser abschrecken. In ca. 2 cm lange Stücke schneiden.
1 Paprikaschote in Streifen schneiden.
800 g geschälte Kartoffeln fein und
400 g Schweinefleisch grob würfeln.
1 Knoblauchzehe und 1 Zwiebel hacken.
Alle Zutaten zusammen mit
2-3 El Bohnenkraut in einen Topf geben. Mit ca.
1-1½ l Fleischbrühe (Instant) auffüllen und zum Kochen bringen. Mit Salz u. Pfeffer würzen. Etwa 45-60 Min. köcheln lassen.

Westfälisches Blindhuhn

200g Speck in einem Topf auslassen.
2-3 Zwiebeln,
300g Möhren und
300g Kartoffeln würfeln, zum Fett geben und unter Wenden leicht anbraten. Mit
1 1/2 l Instant-Brühe ablöschen. Zum Kochen bringen. Je
1-2 kleingeschnittene Äpfel und Birnen zufügen und den Eintopf garen.
1 kleine Dose grüne Salatbohnen über ein Sieb schütten. Abgetropft mit
1 kleinen Dose weißer Bohnen zum Eintopf geben. Mit
Salz und frischgemahlenem Pfeffer abschmecken. Gut durchziehen lassen.

Gemischter Kohltopf

500g Weißkohl in Streifen schneiden,
80g Butter in einem weiten Topf erhitzen, Weißkohl darin andünsten.
500g Rosenkohl und
700g Blumenkohlröschen zugeben, unter Wenden leicht andünsten. Mit
1 Lorbeerblatt und Pfeffer würzen.
Zum Kochen bringen und ca. 20 Min. köcheln lassen.
50g geriebenen Käse unterrühren.
400g gekochten Schinken oder Kasseler in Streifen schneiden, zugeben. Mit
Salz, Kümmel,
Pfeffer abschmecken.

Dicke Bohnen - Eintopf

Ca 800g geschälte Kartoffeln in feine Würfel schneiden und in einen Topf füllen.
1 1/2 l Fleischbrühe (Instant) zugießen. Ca.
4 EL Bohnenkraut und
250g durchwachsenen Räucherspeck zufügen. Alle Zutaten zum Kochen bringen und bei kleiner Flamme garen.
1 Glas dicke Bohnen über ein Sieb schütten. Bohnen zu den Kartoffeln geben. Mit
Salz, Pfeffer und Bohnenkraut abschmecken. Gut durchziehen lassen.

Möhren - Pilze - Eintopf

5-600g	Schweinefleisch würfeln, mit
3/4l	Wasser, 1/4l trockenem Weißwein
20g	getrockneten Steinpilzen
1	Lorbeerblatt, Salz und Pfeffer bei mittlerer Hitze ca. 35 Min. garen. Inzwischen
800g	geschälte Kartoffeln würfeln,
400g	Möhren und
250g	Zwiebeln scheibeln. Gemüse zum Fleisch in den Topf geben. Das Ganze zum Kochen bringen und weitere 25 Min. garen. Zum Schluss
1/2 EL	Mehl mit
4 EL	Schlagsahne glattrühren, zum Eintopf geben, aufkochen lassen, abschmecken.

Nach Belieben mit Crème fraîche verfeinern und mit gehackter Petersilie überstreuen.

Sauerkrauteintopf

500 g gekochte Kartoffeln, Reste vom Vortag oder frisch gekocht.
3 Zwiebeln würfeln,
60 g Speckfett in einem Topf auslassen, und die Zwiebeln darin goldgelb rösten.
750 g Sauerkraut auseinanderzupfen, in den Topf geben und kurz andünsten.
1 geriebenen Apfel,
1/4 l Bier, 5 Wacholderbeeren und
1 Lorbeerblatt zufügen. Mit
Salz, Pfeffer und Zucker abschmecken.
Anschließend die Kartoffeln würfeln und
400 g Kochwurst in Streifen schneiden, beides zum Gemüse geben, mischen, wieder erhitzen. Etwa eine Stunde ruhen lassen. Vor dem Servieren mit etwas Butter verfeinern.

Porree - Eintopf

1 l Salzwasser m. Suppengemüse zum Kochen bringen. Etwa
500 g Suppenfleisch - Geflügel o. Rindfleisch - zugeben. Bei mäßiger Hitze garen. Fleisch u. Suppengrün aus der Brühe nehmen.
1 Kg Porree in Ringe und
800 g Kartoffeln in kleine Würfel schneiden, zufügen, ca 20 - 25 Min. garen. Mit
150 g Schmand oder Crème fraîche verfeinern. Mit
Salz, Pfeffer und Sojasoße abschmecken.

Abänderung:

Wer den Eintopf ohne Fleisch zubereiten möchte, setzt als Flüssigkeit 1 l Instant-Hühnerbrühe ein.
Statt Schmand oder Crème fraîche kann man 100 - 150 g Kräuter - Schmelzkäse einrühren.

Rosenkohl-Möhreneintopf

50 g Räucherspeck auslassen,
1 dicke gehackte Zwiebel goldgelb dünsten.
500 g Rosenkohl,
500 g gewürfelte Möhren,
500 g gewürfelte Kartoffeln zugeben.
1 l Instant-Brühe zugießen
Bei schwacher Hitze etwa 20 Min. dünsten. Von
250 g Hackfleisch Hackbällchen formen, auf den Eintopf legen und weitere 10 Min. garen.

Grünkohlpfanne mit Bratwurst

4 Bratwürste von je ca. 150g.
Damit die Würste nicht platzen, gibt man sie mit etwas kaltem Wasser und ein wenig Fett in die Pfanne. Zum Kochen bringen, etwas köcheln lassen. Wenn das Wasser verdunstet ist, setzt der Bratprozeß ein. Die angebratenen Würste herausnehmen.
1 Kg rohe, in Scheiben geschnittene Kartoffeln in das heiße Fett geben
750g abgek. feingeschnittenen Grükohl und
2 gehackte Zwiebeln zufügen. Unter Wenden etwas andünsten.
1/2 l Fleischbrühe (Instant) zugießen. Mit
Pfeffer würzen. Das Gericht bei kleiner Flamme gardünsten. Die angebratene Wurst auf das Gemüse legen und etwa 10 Min. mitgaren. Mit Senf servieren.

Schwarzwurzeleintopf mit Hackfleischbällchen

250g Hackfleisch – Hackfleischteig herstellen. Daraus mit nassen Händen Klößchen formen.
1 Glas Schwarzwurzeln über ein Sieb schütten.
800g Kartoffeln feinwürflig schneiden.
1 Bund Suppengrün klein und
3 Frühlingszwiebeln in Ringe schneiden.
80g Butter in einem Topf erhitzen, Suppengrün und Zwiebeln darin andünsten. Die Kartoffeln zufügen,
1l Instant-Brühe zugießen. Zum Kochen bringen und ca. 35 Min. köcheln lassen. Danach die Schwarzwurzeln und Fleischklößchen zugeben. In ca. 8 Min. bei schwacher Hitze garziehen lassen.
3 EL Crème fraîche unterrühren, mit
3 EL geh. Kerbelblättchen bestreuen.

Abänderung: 500g gescheibelte Pilze zum Schluss mitgaren lassen.

Hülsenfrüchte - ideal für Eintopfgerichte

Unter Hülsenfrüchte versteht man die getrockneten Erbsen, Bohnen und Linsen.

Alle ungeschälten Hülsenfrüchte zuerst unter fließendem Wasser waschen und in kaltem Wasser einweichen, am besten über Nacht. Was oben schwimmt oder schwarz aussieht, muss aussortiert werden.

Abgekochtes Wasser verkürzt die Einweichzeit.

Keine Wasserenthärtung des Einweichwassers durch Natron oder Backpulver vornehmen. Dadurch kommt es zu unnötigen Vitaminverlusten.

Geschälte Erbsen brauchen nicht, können aber kurz eingeweicht werden. Sie sind leichter verdaulich als ungeschälte. Der Gehalt an Zellulose, Mineralstoffe u. Vitamine ist jedoch geringer.

Hülsenfrüchte im Einweichwasser kochen! So bleiben die ausgetretenen Inhaltstoffe erhalten.

Stets kalt aufsetzen! Kochende Flüssigkeit würde das Eiweiß der Außenschicht sofort zum Gerinnen bringen. Das Wasser könnte nicht bis zum Kern vordringen. Er bleibt hart.

Ähnliches bewirkt Salz, wenn es zu früh zu den Hülsenfrüchten gegeben wird. Darum erst zum Schluss der Garzeit salzen. Das gilt natürlich nicht für andere Gewürze.

Genaue Garzeiten lassen sich nicht festlegen. Je älter die Hülsenfrüchte sind, desto länger müssen sie garen. Bohnen brauchen bis zu 2 Stunden. Im Dampfdrucktopf lässt sich 2/3 der Garzeit einsparen.

Linsengerichten kann etwas Essig zugesetzt werden. Die Eiweißstoffe der Linsen quellen durch die Säure und werden dadurch leichter verdaulich.

Aufgrund der schweren Verdaulichkeit sollten ältere Menschen und Kranke vorsichtig mit der Aufnahme von Hülsenfrüchten sein.

Bedeutung für die Ernährung

Hülsenfrüchte besitzen einen besonders hohen gesundheitlichen Wert.

Wusssten Sie schon, dass der Eiweißgehalt der Bohnen, Erbsen und Linsen 22% beträgt, dass die Sojabohne sogar 37% hochwertiges Eiweiß enthält?

"Das Eiweiß des armen Mannes" sagten unsere Vorfahren über die Hülsenfrüchte.

Für fleischlose Tage sind sie ideale Eiweißlieferanten. Zusammen mit Milch und Getreideerzeugnissen ergänzen sich die Eiweißstoffe in hervorragender Weise.

Außerdem sind die Hülsenfrüchte reich an Eisen und den Vitaminen der B-Gruppe.

Besonders geschätzt werden die Hülsenfrüchte wegen ihres hohen Zelluloseanteils. Werden zu wenig Zellulosebestandteile aufgenommen, so dauert die Passage des Darminhaltes zu lange, es kommt zu einer Verstopfung.
Die bei den Zersetzungsvorgängen im Dickdarm entstehenden Giftstoffe können dann nicht auf natürlichem Wege abgeführt werden, sondern gelangen durch die Darmwand ins Blut. Sie rufen Kopfschmerzen und Benommenheit hervor, beeinträchtigen die Gemütsstimmung und können Ursache für eine unreine Haut sein.

Erbseneintopf
nach Art des Hauses

250 g grüne, geschälte Trockenerbsen ein paar Stdn. einweichen, mit dem Einweichwasser und
1 Brühwürfel gar köcheln.
500 g Kartoffeln sehr fein würfeln, mit ca.
1 l Instant-Brühe zum Kochen bringen. Kurz vor Ende der Garzeit
4 Mettendchen (Räucherwürstchen) zufügen und mitkochen lassen.
Erbsen und Kartoffeln zusammenschütten.
2 Gemüsezwiebeln oder 4 andere Zwiebeln würfeln und in
Butter goldgelb dünsten und zum Eintopf geben. Mit Salz, Pfeffer und Suppenwürze abschmecken. Vor dem Servieren mit Petersilie überstreuen.

Linsen mit Kasseler

500g feingewürfelte Kartoffeln in einen Topf geben. Mit ca.
1l Brühe (Instant) auffüllen, mit
500g Kasseler, ohne Knochen, zum Kochen bringen. Etwa in einer halben Stunde gar köcheln.
1 große Dose Linsen zufügen und mischen. Den Eintopf wieder erhitzen und gut durchziehen lassen. Nach Belieben mit
2 EL Tomatenmark und Tabascosoße abschmecken oder kleingeschnittene Peperoni unterrühren.

Fleisch und Fleischgerichte

Fleisch

Wenn es um den Fleischkonsum geht, trennen sich häufig die „Geister." Bei dem einen ist Fleisch verpönt, es wird verurteilt und boikottiert, bei dem anderen dagegen wird's geschätzt, gekauft, verehrt und genüßlich verzehrt. Für die gesunde Ernährung wird ein mäßiger Fleischverzehr empfohlen.

Die Inhaltstoffe

Eiweiß

Das Fleischeiweiß ist biologisch hochwertig.
Der Eiweißgehalt ist je nach Tierart und Fleischstück unterschiedlich.

Eiweißgehalt in %

Rindfleisch	ca.	18 - 20 %
Schweinefleisch	"	
- sehr mageres Fleisch	"	21 %
- mageres Fleisch	"	19 %
- Schnitzelfleisch	"	21 %
- Koteletts	"	13 %
- Schweinebauch	"	9 %
Geflügel	"	15 - 20 %

Fett Der Fettgehalt ist sehr unterschiedlich.

Mineralstoffe

Besonders hervorzuheben ist der Eisengehalt. Fleisch ist phosphatreich, aber calciumarm. Besonders die Innereien sind reich an Mineralstoffen, doch die Schadstoffbelastung spricht gegen einen häufigen Verzehr.

Eisengehalt in 100g Fleisch

Schweineleber	20,6 mg,	Rinderleber	6,6 mg
Schweinefilet	3,- mg,	Rinderfilet	2,6 mg
Putenfleisch	3,- mg,	Kalbfleisch	1,7 mg
Hammelfleisch	1,8 mg		

Eisen kann aus tierischen Lebensmitteln besser genutzt werden als aus pflanzlichen. So liegt die

Eisenresorption bei

Fleisch zwischen 20-30%, bei pflanzlichen Nahrungsmitteln bei 5%.

Vitamine

Neben den Vollkornprodukten ist Schweinefleisch der wichtigste B_1-Lieferant. 100g enthalten:

Schweinefilet	0,90 mg B_1	und 0,25 mg	Vitamin	B_2,
Rinderfilet	0,10 mg B_1	und 0,20 mg	"	B_2,
Roggenvollkornbrot	0,20 " B_1	und 0,10 mg	"	B_2.

Sättigungswert:

Da Fleisch einen hohen Eiweiß-, Fett- und Bindegewebsanteil besitzt, ist der Sättigungwert hoch.

Extraktivstoffe

sind im Fleisch reichlich enthalten und verleihen ihm einen würzigen Geschmack. Diese Stoffe bewirken eine verstärkte Ausschüttung von Verdauungssäften. Sie wirken deshalb appetitanregend.

Auf diese Tatsache beruht auch die appetitanregende Wirkung einer Fleischbrühe als Vorspeise.

Elegie der Hobbyköche

„Es wird mit Recht ein guter
Braten
gerechnet zu den guten Taten.
Und dass man ihn gehörig mache,
ist weibliche Charaktersache ...“
W. Busch

Der große Meister –
schau mal an,
Was der sich hier erlauben kann!
Einseitig lobt er Frauen nur!
Ein Lob für Männer?
Keine Spur!
Mein lieber Busch, so geht's nicht weiter!
Denn oben auf der Kochkunstleiter
Sieht man nur die Frauen steh'n.
Die Männer müssen leer ausgeh'n
Mit ihrem großen Kochverstand!
Wann wird der endlich anerkannt?!
Wie steht's mit Preis und Würdigung?!
Was ist mit Gleichberechtigung?!

Frau Helene lenket ein.
Was sollen diese Streiterein ?!
Die Küche war alleine nur,
Zu Buschens Zeit,
das glaube mir,
Metier der Frau.
Darum, mein Lieber,
Geh' und schau,
Dass wir uns hier
schnellstens
beraten.
Das zählt dann
zu den guten Taten.
Und dass wir dies gehörig
machen,
Sind gemeinsame Charaktersachen!

Damit's ein guter Braten wird..

- Fett auf hoher Stufe erhitzen.
- Große Fleischstücke vor dem Anbraten würzen und salzen.
- Kleine Fleischstücke, wie Steaks, Naturschnitzel oder Gulasch werden vor dem Braten gewürzt, aber erst nachher gesalzen. Salz würde dem rohen Fleischstück zu viel Fleischsaft entziehen.

- Das Fleischstück wird im offenen Bräter o. in einer Pfanne von allen Seiten gleichmäßig angebraten.
- Nach dem Anbraten wenig kochende Flüssigkeit hinzugeben. Wenn das Wasser verdampft ist, wird der Bratvorgang wiederholt.
  Durch den wiederholten Bratvorgang bilden sich mehr Röststoffe, die den Geschmack und die Farbe des Bratens günstig beeinflussen und die Zubereitung einer schmackhaften Soße ermöglichen.

- Durch Zugießen von kaltem Wasser wird der Braten zäh. Vorsicht! Das zugegebene Wasser ist schnell verdampft! Beim Anbratprozess den Braten überwachen. Er kann 3 x wiederholt werden.

- Während des letzten Bradprozesses können in Stücke geschnittene Zwiebeln und je nach Geschmack verschiedene Gemüse, wie Möhren, Sellerie oder Lauch zugegeben werden. Das Gemüse wird kurz angebraten.

- Dann gibt man etwas kochende Flüssigkeit hinzu und gart im geschlossenen Topf bei mäßiger Hitze weiter.

- Je nach Geschmack kann man 1 Lorbeerblatt, ein paar Pfefferkörner und Nelken, etwas Senf oder Tomatenmark zufügen.
- Auf Flüssigkeitsverluste achten! Bei Bedarf durch heißes Wasser ersetzen. Siehe auch Fleischtips Seite 383.

Garzeit

Als Faustregel gilt:
1 cm Fleischhöhe = 10-12 Minuten Garzeit.
Ein Fleischstück von 11cm Höhe hätte demnach eine Garzeit von ca. 2 Stunden.

Für „festliche" Schmorbraten kann kurz vor Ende der Garzeit 1 Glas Weißwein und 1 feingewürfeltes Essig- oder Gewürzgürkchen hinzugefügt werden.

Zu einem guten Schmorbraten gehört eine köstliche Bratensoße

Und die ist leicht herzustellen – vorausgesetzt, daß der Schmorbraten gut zubereitet wurde.

Bratensoße

Den Bratensud auf die gewünschte Soßenmenge auffüllen und mit angerührtem Stärkemehl oder Mehl binden. Mehl lange genug köcheln lassen, dann abschmecken.
Eine Zugabe von Sahne oder Schmand verbessert den Geschmack.

Schmorbraten

1 kg Rind- oder Schweinefleisch mit Salz, Pfeffer und etwas Senf einreiben.

3 EL Öl und 3 EL Wasser in einem Bräter erhitzen. Bei einem fetten Bratenstück entfällt die Ölzugabe. Das Fleischstück mit der Fettseite, (wenn vorhanden), auflegen und von allen Seiten gleichmäßig anbraten. Weitere Zubereitung siehe Seite 213 / 214.

Beim letzten Bratvorgang

2 gewürfelte Zwiebeln zufügen und rösten. Danach etwas kochendes Wasser und

1 kl. Lorbeerblatt zugeben und gar schmoren.

Auf Flüssigkeitsverluste achten.

Garzeit: ca 1 1/2 Stunden.

Tip: Bratenreste lassen sich wunderbar als Aufschnitt einsetzen.

Schweinebraten mit Pfirsichen

1 Kg Schweinebraten.
1 EL flüssigen Honig mit
1 TL Zimt verrühren, das Fleisch damit
rundherum bestreichen, etwas
Salz und Pfeffer darüber streuen
8-10 Nelken in das Fleisch stecken. Die
Zutaten 1 Stunde einziehen lassen.
3 EL Öl in einem Bräter erhitzen. Das Fleisch
darin von allen Seiten gleichmäßig anbraten. Etwas Wasser zugeben, verdampfen
lassen und den Bratvorgang zusammen
mit 2 gewürfelten Zwiebeln wiederholen. Mit
1/8 l Apfelwein löschen.
Etwa 1½ - 2 Stunden schmoren.
Auf Flüssigkeitsverluste achten! Mit Pfirschen servieren. Für die Soße den Bratensud mit etwas Pfirsichsaft u. Apfelwein auffüllen, binden, 1/8 l Sahne zugeben, abschmecken.

Schweineschulter mit Kräuter-Käse-Kruste

1 Kg Schweineschulter mit Pfeffer würzen
2 EL Butter in einen Bräter geben u. erhitzen. Das Fleisch rundherum darin anbraten.
3 Zwiebeln und 3 abgezogene Tomaten gewürfelt zugeben. Mit Salz würzen und mit je
1/4 l Rotwein und Instantbrühe auffüllen. Zugedeckt im vorgeheizten Backofen bei ca 220 °C etwa 1 1/2 Stunden schmoren. Zwischendurch mit Bratenfond begießen.

Für die Kruste:

250 g Zwiebeln würfeln, in
1 EL Butter glasig dünsten, pürieren. Mit
2 EL Tomatenketchup
1/2 P. tiefgefrorene „8 Kräuter"
250 g Goudakäse und 1 Eigelb verrühren. 20 Min. vor Ende der Garzeit den Braten damit bestreichen und ohne Deckel weitergaren. Fleisch herausnehmen. Bratenfond durch ein Sieb schütten. Aufkochen lassen.
3 EL Crème fraîche, 1 TL Tomatenmark zugeben. Mit Salz und Pfeffer abschmecken. Die Soße evtl. mit 1 TL Mehl binden.

Aus Großmutter Josefines handgeschriebenem Kochbuch

Sauerbraten

Hierzu eignen sich am besten die festen Bratenstücke. Zum Einlegen kocht man

1/2 l Essig, 1/2 l Wasser
4 in Scheiben geschnittene Zwiebeln,
Pfeffer, Nelken, Salz und 2-4 Lorbeerblätter.

Will man den Braten nach dem 1. oder 2. Tag braten, so gießt man das Essigwass heiß darüber. Soll der Braten erst nach 8 Tagen zubereitet werden, so gießt man den Essigsud kalt darüber.

Zum Anbraten gibt man Speckscheiben in den Brattopf, läßt diese aus und gibt noch etwas Butter dazu. Das eingelegte Bratenstück wird abgetrocknet und ins heiße Fett gegeben. Wenn der Braten von allen Seiten knusprig angebraten ist, gießt man etwas von dem Essigsud hinzu.

Auch kann man einige Apfelstücke, Möhren und Wacholderbeeren in den Topf geben. Man läßt den Braten langsam mit den Zutaten garbrötscheln.

Für die Soße schwitzt man den Bratenfond mit Mehl an, füllt mit Essigwasser und Rotwein auf und läßt die Soße etwa 5 Minuten köcheln. Dann gibt man gequollene Rosinen, Korinthen und so viel Zucker hinzu, daß die Soße einen säuerlich, süßen Geschmack bekommt.

Man legt den Braten, wenn er noch nicht geschnitten ist, 1 Stunde vor dem Anrichten in die Soße, damit er den Geschmack derselben annimmt.

Schweinefleisch mit Dörrobstpflaumen

Ca 6 Dörrobstpflaumen in Weinbrand einweichen.
500g Schweinefleisch – das Bratenstück der Länge nach, bis reichlich zur Mitte durchschneiden. Mit den abgetropften Pflaumen füllen. Das Stück leicht zusamendrücken u. fest mit Zwirn umwickeln. Mit
Salz, Pfeffer, Koriander u. Senf rundherum einreiben
Fett in einem Bräter erhitzen. Den Braten darin von allen Seiten stark anbraten. Nach u. nach je
1/8 l Weißwein u. Fleischbrühe zugießen.

Garzeit ca. 50 - 60 Minuten. Den Bratenfond binden. Evtl. mit Sahne verfeinern. Mit Kart. u. Salat servieren.

Geschnetzeltes mit Backobst

300 g Backobst über Nacht einweichen u. zerkleinern
300 g Schnitzelfleisch in feine Streifen schneiden.
2 EL Schmalz in einem Brattopf erhitzen. Das Fleisch darin kräftig anbraten.
3-4 Zwiebeln in Ringe schneiden, zu dem Fleisch geben und bräunen. Mit
Salz, Pfeffer und Paprika würzen.
1/8 l Einweichwasser vom Backobst und
1/4 l Apfelwein zugeben, ebenfalls das grob zerkleinerte Dörrobst. Alles ca 20 Min. schmoren lassen.
3-4 EL Schmand und
3-4 EL Apfelmus verrühren und das Geschnetzelte damit binden.

Haschee

Für das Haschee gibt man zuerst Rind- oder Schweinefleisch in kochendes Salzwasser mit Suppenkräutern und kocht es darin gar.

Dann nimmt man das Fleisch heraus und schneidet es in sehr feine Streifen. Die Suppe schmeckt man gut ab.

1 Tasse Reis setzt man mit 1 l Brühe auf und läßt denselben darin gar werden. Dann macht man eine Soße von Butter, Zwiebeln und Mehl u. füllt die Schwitze mit Suppe auf. In die fertige Soße gibt man das Fleisch u. den Reis.

Zungenfrikassee, weiß

Die Zunge wird in Salzwasser mit Suppengrün gargekocht, in Scheiben geschnitten, dann werden die Scheiben in heißgemachter Butter gelblich angebraten.

Danach nimmt man die Zungenscheiben heraus, gibt etwas Mehl zum Fett, läßt es gut durchschwitzen und füllt mit Zungenbrühe auf. Man gibt Weißwein, Zucker, weißen Pfeffer, Muskatblüte daran und legt die geschnittene Zunge hinein.

Will man die Soße verbessern, so rührt man vor dem Anrichten einen Eidotter in die heiße Soße.

Töttchen

die Spezialität aus dem Münsterland

500 g Rindfleisch und 500 g Kalbfleisch in einen Topf mit kochendem Salzwasser geben. Das Fleisch muß eben bedeckt sein.
2 Stangen Porreeringe, 200 g Selleriewürfel
1 Lorbeerblatt, Thymian zufügen. Das Fleisch sehr weichkochen. Die Brühe über ein Sieb schütten. Das Fleisch in feine Würfel schneiden.
4 gehackte Zwiebeln in
2 EL Butter goldgelb rösten,
2 EL Mehl anschwitzen, mit 1/2 l Fleischbrühe auffüllen u. ein paar Min. köcheln lassen. Die Soße mit
2 EL Kapern, 1 EL Essig, 1 Gläschen Wein,
1/8 l Sahne u. Pfeffer abschmecken. Fleisch zur Soße geben, durchziehen lassen. Mit Stangenbrot servieren.

Rindfleisch mit Zwiebelsoße

Dieses Gericht mundete nicht nur unseren Ahnen, es schmeckt uns auch heute noch vortrefflich.

1 l Wasser, Salz, 3-5 Pfefferkörner, Thymian
1 Lorbeerblatt, 1 Bund Suppengrün in einen Topf geben und zum Kochen bringen.
750 g Rindfleisch zugeben, wieder aufkochen und dann den Topf schließen. In etwa 1 1/2 Stunden garköcheln lassen. Das Fleisch muß sehr zart und weich sein. Man läßt es in der Brühe erkalten.

Vor dem Anrichten wird das kalte Fleisch in Scheiben geschnitten, mit etwas Brühe wieder erhitzt, auf eine Platte gelegt und mit einer Zwiebelsoße, siehe Seite 342, serviert. Als Beilagen eignen sich Essiggurken, Salat, Selleriesalat.

Ein lammfrommes Gericht

Lammbraten

Lammrücken abspülen, trockentupfen. Je
1/2 Tl Piment- und Korianderkörner und
1 Tl Pfefferkörner zerstoßen, mit
1 Tl Salz mischen. Lammfleisch mit dem Gewürzgemisch einreiben, auf eine Platte legen und zugedeckt etwa 4 Stunden ziehen lassen.
2 EL Butter in einem großen Bräter erhitzen.
2 Rosmarinzweige, 2 Lorbeerblätter und
2 Knoblauchzehen zufügen. Knoblauch hellbraun braten, dann entfernen. Den Lammbraten rundherum braun anbraten. Dann
mit 1/8 l Fleischbrühe angießen, Deckel auflegen, bei milder Hitze 60 Min. schmoren lassen. Zwischendurch nach und nach
1/8 l Rotwein u. 1/4 l Sahne zugeben.

Lammbraten etwa 10 Min. warm stellen, damit beim Anschneiden der Fleischsaft nicht austritt. Den Fond auf ein Sieb schütten, binden mit Zitronensaft, Kapern u. Pfeffer abschmecken.

Lammschnitzel

Die Fleischscheiben leicht klopfen, breite Fettränder abschneiden.

Marinade:

3 EL Olivenöl, Saft von 3 Knoblauchzehen, 1 EL Zitronensaft, Salz, schwarzer Pfeffer u. reichlich Thymian mischen.

Die Fleischscheiben mit dieser Marinade einreiben und 1-2 Stunden einziehen lassen.

Öl in eine Pfanne geben. Die abgetupften Fleischscheiben bei starker Hitze von jeder Seite ca. 2-3 Min. braten. Danach 5 Minuten schmoren lassen.

Will man Champignons dazu reichen, setzt man das Pilzwasser zum Schmoren ein. Pilze zum Schluss zufügen und mit dem Fleisch leicht anbraten.

"1, 2, 3 im Sauseschritt
läuft die Zeit - wir laufen mit."

Die Renner in unseren Küchen sind die

schnellen Fleischgerichte aus der Pfanne

Pfannengerichte – kurz gegarte Fleischstücke

Beim Braten nimmt das Fett eine Temperatur von 180- 220 °C an. Wasser kann dagegen nur eine Temperatur von 100°C annehmen
Die hohen Temperaturen beim Bratvorgang verkürzen die Garzeit.

Schnitzel und Co . . .

Durch das Klopfen zerreißen die Bindegewebsfäden der Fleischscheibe, das Fleisch wird mürbe und die Garzeit verkürzt.
Befindet sich an der Fleischscheibe ein Fettrand, muß dieser eingeschnitten oder flachgeklopft werden. Werden Bindegewebsfäden nicht durchgeschnitten, ziehen sie sich beim Braten zusammen, die Fleischscheibe wölbt sich.

Schnitzel mit Panade

Wird die Fleischscheibe mit Panade umhüllt, bleibt das Fleisch saftig. Da die Panade beim Braten Fett aufnimmt, sind Schnitzel mit Panade energiereicher als ohne.

Naturschnitzel

Die Fleischscheiben werden abgetupft, mit Gewürz eingerieben, gebraten und danach gesalzen. Die Fleisscheiben können aber auch vor dem Braten mariniert werden, ca. 2 Stdn. Marinade: 4 EL Öl, 4 EL Wein, 1 EL Tomatenmark, Oregano, Pfeffer.

Braten flacher Fleischstücke

Gebratene Schnitzel

Hierfür werden flache Scheiben aus der Kalbs-, Schweine- oder Rehkeule geschnitten. Sie werden geklopft, schwach gesalzen, in Ei und Paniermehl oder in Mehl, Eiermilch und Paniermehl gewendet. Man brät die Schnitzel etwa 7 – 8 Minuten in reichlich sehr heißem Fett in der Pfanne oder im Fettbad von beiden Seiten hellbraun.

Damit zügig gearbeitet werden kann, stellt man sich die Zutaten in richtiger Reihenfolge hin.

Hinweis: Gibt man etwas Öl zur Eiermilch wird die Kruste knuspriger.

Drückt man die Paniermasse zu stark an, blättert sie leicht ab. Ist nicht ausreichend Paniermehl vorhanden, so kann 1/3 durch Mehl ersetzt werden.

Wiener Schnitzel

Sie werden nach dem Braten mit Zitronenscheiben oder mit Zitronenachteln und mit Petersilie garniert. Nur ein echtes Kalbsschnitzel darf diese Bezeichnung tragen. Ein Schweineschnitzel mit Zitrone und Petersilie garniert, nennt man „Schnitzel nach Wiener Art."

Pariser Schnitzel

Die vorbereiteten Fleischscheiben werden in einen Ausbackteig getaucht und im Fettbad ausgebacken. Wenn keine Friteuse eingesetzt werden kann, gibt man reichlich Fett in eine Pfanne und brät die Schnitzel von beiden Seiten.

1. Ausbackteig: 80 g Mehl, Salz, 2 Eier, 6-8 EL Milch, 1 EL Öl, 50 g geriebener Käse, alles verrühren.
2. Ausbackteig - Eierteig: 80g Mehl, 2 Eier, 6-8 EL Milch, Salz,
3. Ausbackteig - Bierteig: 80 g Mehl, 2 Eier, 1/4 l helles Bier, Salz.

Pikante Soße zu Schweineschnitzeln

75 g geräucherter, durchwachsener Speck gewürfelt in 2 EL Öl knusprig auslassen.
250 g Zwiebeln in Spalten und
2 Äpfel in grobe Stücke schneiden, beides in dem Fett anbraten. Mit
4 EL Calvados (Apfelbranntwein) und
200 g Schlagsahne abläschen und aufkochen, Soßenbinder unter Rühren zugeben. Mit
Salz und Pfeffer abschmecken, anrichten und mit Majoranblättchen bestreuen.

Kreolinische Schnitzel

4 Schnitzel leicht klopfen, etwas pfeffern u. als Naturschnitzel braten.

Gemüsefüllung:

2 Zwiebeln, 1 Paprikaschote, 1 Lauchstange
4 abgezogene und entkernte Tomaten zerkleinern. Mit Salz, Pfeffer, Chilipulver und Tabasco würzen.
Fett in einer Pfanne erhitzen, Gemüse zufügen, etwa 10 Min. schmoren lassen, dann abschmecken und auf die Naturschnitzel füllen.

Jägerschnitzel

Für den Belag 5 gehackte Zwiebeln in 2 El Butter glasig dünsten. 500 g Pfifferlinge zugeben, 6-8 Min. bei guter Hitze braten. Die Pilzmasse auf die fertigen Schnitzel füllen.

Schnitzel mit Pfirsichhälften Obst von beiden Seiten anbraten. Schnitzel mit gebratenen Pfirsichhälften dekorieren. Oder

Ananasscheiben von beiden Seiten anbraten, auf das Schnitzel legen und mit gerösteten Mandelblättchen bestreuen.

Südseeschnitzel

Verschiedene Früchte, wie Ananas, Pfirsiche und Bananen werden halbiert oder in Stücke geteilt, gebraten und auf die Schnitzel gelegt.

Die Schnitzel mit einer Obstauflage können kurz mit Käse überbacken oder mit einer Currysoße (mit Ananassaft abschmecken) serviert werden.

Putensteaks mit Preiselbeersoße

Marinade:
4 EL Öl, 3 EL Weißwein, Salz, Pfeffer, Majoran, Thymian, Rosmarin und Paprika verrühren.
4 Putensteaks 2 Stunden in der Marinade liegen lassen. Danach die Scheiben abtropfen lassen und nacheinander in Mehl, Ei und Mandelblättchen wenden. In heißem Öl von beiden Seiten braten. Servieren mit

Preiselbeersoße

1 Gläschen Preiselbeeren, 1 Tl Senf, Saft 1 Zitrone, Saft 1 Orange u. 1 EL Dosenmilch verrühren. Heiß oder kalt dazu servieren.

Schinkensteak

4 Scheiben Kochschinken dick geschnitten werden in einen Eier- oder Bierteig getaucht und kurz gebraten.

Schinken-Sellerie-Steak

1 dicke Scheibe Kochschinken wird auf eine gekochte Sellerieschebe gelegt, in einen Ausbackteig getaucht (Seite 232) u. gebraten.

Curryfilet in Weinrahmsoße

ca 750 g	Schweinefilet in Scheiben oder in große Würfel schneiden.
30 g	Butter und etwas Wasser, Salz und
Pfeffer	in einen Topf geben, erhitzen und das Fleisch darin etwa 30 Minuten garen. Dann herausnehmen.
1 Tasse	Weißwein zum Sud geben.
2 TL	Stärke mit Wasser anrühren, den Sud damit binden, etwas köcheln lassen.
200 ml	Sahne, Saft
1/2	Zitrone zufügen. Mit
1-2 TL	Curry, je nach Geschmack zugeben. Das Fleisch in die Soße geben und nochmals abschmecken.

Setzt man anderes Schweinefleisch ein, so verlängert sich die Garzeit.

Gefüllte Weinrollen

Füllung:

500 g	geschnittene Champignons und
1	große gewürfelte Zwiebel in etwas
Butter	gelblich braten. Mit dem Saft
1/2	Zitrone, Salz, Pfeffer, Paprika und mit
1-2 EL	gehackter Petersilie würzen.
8	Scheiben Kochschinken ausbreiten, die Füllung darauf verteilen, aufrollen, feststecken und in eine gebutterte Auflaufform geben.
1/8 l	Weißwein, 5 EL süße Sahne
1 TL	Mehl, Salz, 1 Eigelb verquirlen und über die Rollen gießen. Etwa 10-15 Min im vorgeheizten Backofen bei 220°C überbacken.

gut!!

Überbackenes Schweinefilet

600g (500g für 2 P.) Schweinefilet in 2 cm dicke Scheiben schneiden, mit der Hand flachdrücken, kurz von beiden Seiten anbraten. Mit sehr dünn geschnittenen Scheiben Schinkenspeck umwickeln und in eine gefettete Auflaufform schichten.

Soße:

400 g Zwiebeln in Ringe schneiden, in
1 EL Butter goldgelb braten
1 - 2 Becher Crème fraîche unter die Zwiebeln rühren. Mit Senf, Salz, Pfeffer, Tomatenpaprika abschmecken.

Die Soße über das Fleisch ziehen.
45 Min. bei 210° C überbacken

Wahlweise 15 Min. vor Ende der Garzeit 1 Dose Pilze (kleine Köpfchen) darüberstreuen.

Kasseler mit gebratenem Obst

500g geräucherter Kasseler Rippenspeer in 4 dicke Scheiben schneiden. Die Scheiben dünn mit

Senf bestreichen.

40g Butter erhitzen, die Scheiben darin von beiden Seiten anbraten.

1/8l Birnen- oder Ananassaft zugeben, erhitzen. Die Kasseler-Scheiben etwa 10 Minuten in dem Sud köcheln lassen. Herausnehmen.

1/4l Wasser zum Fond geben, mit

Stärke binden

100g Schmand unterrühren. Mit Pfeffer und

Salz abschmecken. Mit gebratenen Ananasscheiben oder Birnenhälften oder mit Schmoräpfeln anrichten, mit der Soße servieren. Dazu kann auch eine Currysoße gereicht werden. Als Beilagen können gek. Kartoffeln mit Blattsalat oder Toastbrot gereicht werden.

Rinderrouladen

4 Rinderrouladen, je ca. 125 g,
leicht klopfen, von beiden Seiten mit etwas
Salz und Pfeffer einreiben, dann eine Seite mit
Kräutersenf bestreichen. Für die Füllung
1 Zwiebel, 1 kl. Apfel, Gewürzgürkchen und
50 g durchwachsenen, geräucherten Speck würfeln, mischen, die Fleischscheiben damit belegen und aufrollen. Die Rollen werden mit einer Rouladenklammer gehalten oder mit einem Faden umwickelt. Die Rouladen werden in heißem Fett ca. 10 - 15 Min. rundherum gebraten. Danach läßt man sie unter Hinzugabe von
1/10 l Rotwein und 1/8 l Fleischbrühe 1 - 1½ Stdn. schmoren. Für die Soße wir der Bratenfond etwas mit Wasser verlängert, mit Mehl gebunden und mit Sahne verfeinert, mit Pfeffer und Salz abschmecken.

Gulasch Hausmacher-Art

600g Gulaschfleisch vom Schwein oder Rind in ca. 2 cm große Würfel schneiden. In
30-40g erhitztem Fett anbraten, portionsweis anbraten, danach die angebratenen Fleischwürfel wieder in den Bräter zurückgeben u.
2 gewürfelte Zwiebeln zugeben mitbräunen. Danach
2 EL Tomatenmark und
1/4l Fleischbrühe zugeben. Mit Pfeffer, Salz,
1 Msp. Thyman würzen. In ca. 60 Min. im geschlossenem Topf gar schmoren. Den Bratenfond mit angerührtem Mehl binden. Evtl. etwas Wasser zugeben. Mit den genannten Gewürzen
2-4 EL Rotwein und Sahne abschmecken. Mit feingeh. Petersilie bestreut servieren.

Abänderung: 5 Min. vor Ende der Garzeit Pilze zufügen.
Schmeckt sowohl zu Kartoffeln, Teigwaren, Reis, als auch zu einem Bauernbrot mit frischem, grünen Salat.

Helenes Hackfleischküche

„. . . . Für's Hackfleisch sie besonders
schwärmt,
Selbst wenn's wieder aufgewärmt . . .“
(Frei nach W. Busch)

Und so heißt es in der Woche,
Beim Anbraten und Gekoche:
Heut' gibt's wieder was vom Schwein,
Doch Gehacktes muß es sein.
Montags gibt es auf der Stelle,
Die geliebte Frikadelle.
Dienstags spricht Helene fröhlich:

„Meinen guten Klops servier ich."
"Am Mittwoch ist die Gute keck,
Sie bringt das Hackfleisch ins Versteck.
Und in dicken Kohlrouladen
Wird es auf den Tisch getragen.
Am Donnerstag spricht des Hauses Herrn:
„Einen Braten hätt' ich gern."
"Und in Folien fein verpackt,
Gart als Braten Fleischeshack.
Am Freitag kommen viele Gäste,
Um zu feiern frohe Feste.
Helene überlegt nicht lang,
Was sie wohl anbieten kann.
Mit Schinken, Käse, Wurst und Ei
Und mit Gewürzen allerlei,
Erstrahl's Hackfleisch im Festeskleid.
Voll Lobes sind die vielen Leut'.
Am Samstag drängt's - Zeit ist passé,
Was gibt's? Ein gutes Hackhaschee.
Der Sonntag ist der Tag des Herrn.
Die Ruhe hat nun jeder gern.
Drum hat Helene mit Bedacht,
Den Auflauf schon zurechtgemacht.
Viel Gehacktes, viel Gemüse,
Das ist nun heute die Devise.
So geht's nun weiter alle Tage,
Dies ist doch klar und ohne Frage.
Wie und wo und wann's auch ist,
Hackfleisch kommt stets auf den Tisch!

Hackfleisch

Zum Rohverzehr eignet es sich nur am Tage der Herstellung.

Zubereitung für den Rohverzehr.

Da man hierfür in der Regel fettarmes Fleisch verwendet, kann es vorkommen, dass das Hackfleisch zu trocken ist.
Einige Tropfen Öl, aber auch Cognac, machen den Fleischteig geschmeidig.

Hackfleischbindung

Fehler, die bei der Hackfleischzubereitung gemacht werden, beruhen meistens auf das falsche Mengenverhältnis der Zutaten.
Ist der Fleischteig zu weich und fällt beim

Braten auseinander, so müssen bindende Zutaten hinzugegeben werden.
Für je 500 g Hackfleisch rechnet man 1 Ei.
Auch Haferflocken, Grießmehl und Stärkemehl machen den Fleischteig fester und bindiger.
Ist der Fleischteig dagegen zu fest, lockert man ihn durch gegarte Nahrungsmittel, z. B. durch ein eingeweichtes, gut ausgedrücktes Brötchen oder durch gekochte, gestampfte Kartoffeln auf.

- Paniermehl oder Semmelbrösel können den Teig sowohl lockern als auch festigen.
  Brösel binden Flüssigkeit, damit kann der Teig zu trocken und damit zu fest werden.
  Andererseits können die Brösel überschüssige Feuchtigkeit binden, sie quellen auf und wirken damit lockernd. Entscheidend für die richtige Bindung ist also die Paniermehlmenge.
- Läßt man den fertigen Hackfleischteig vor dem Garen noch etwas ruhen, wird die Bindung größer und der Fleischteig fester.

- Zwiebeln
  Sind sie zu grob gehackt, fällt der Fleischteig beim Garen auseinander.

- Damit der Hackteig beim Formen nicht an den Händen klebt, die Hände ~~vorher~~ anfeuchten oder mit Speiseöl einreiben.
- Das Fleisch wird ausgeformt, bis es eine glatte Oberfläche hat, danach auf eine geölte Platte setzen.

Hackfleischteig Grundrezept

400-500g Hackfleisch
1 altbackenes Brötchen in Wasser quellen lassen, gut ausdrücken, oder stattdessen 1-2 EL Semmelmehl einsetzen.
1 Ei, 1 feingehackte Zwiebel, Pfeffer, Paprika,
Salz. Alle Zutaten zu einem Teig vermengen.

Variante des Grundrezeptes

300-350g rohe Bratwurstfülle oder Schweinemett,
1 feingehackte Zwiebel,
1/2 Bund feingehackte Kräuter,
Pfeffer, Majoran, Paprika. Die Gewürzmenge richtet sich nach der Schärfe der Wurstfülle.
1 Ei, 1-2 EL Semmelbrösel oder Paniermehl.

Mögliche Geschmacksveränderungen durch:

Gemüse

Geeignet sind kleingeschnittene Frühlingszwiebeln, Porree (Lauch), Paprika, Pilze, Mais, Weißkohl und Wirsing. Durch die Hinzugabe von Gemüse kann die Fleischration etwas verringert werden.

Kräuter:

Petersilie, Schnittlauch, Basilikum, Majoran, Knoblauchzehe, Thymian - feingehackt zum Fleischteig geben.

Gewürze

Curry, Muskat, Salz, Pfeffer, Paprika.

Sonstige Zutaten

Senf, Tomatenmark, Chilisauce, Tabasco, Käse, Kapern, Schmand, Creme fraîche.

Zubereitung des Hackfleischteiges

Die fertige Hackfleischmasse wird zuerst zu einer Rolle geformt und gleichmäßig aufgeteilt. Mit feuchten oder eingeölten Händen formen. Mögliche Formen:

- Flache Fleischbällchen - vor dem Braten mit dem Messerrücken leicht einkerben. Mit der eingekerbten Seite in die heiße Pfanne legen u. braten.
- Runde Klopse, • längliche Laibchen,
- Klößchen, • Braten.

Klopse in Kräutersahne

400 g mageres Gehacktes mit
1 gehackten Zwiebel, einem altbackenen, eingeweichten, ausgedrückten Brötchen oder 1-2 EL Semmelbrösel, Salz, Pfeffer und
1 Ei vermengen.

Aus dem Hackfleischteig kleine Bällchen formen und in 1 l siedender Fleischbrühe ca. 3-4 Min. garziehen lassen.

Soße Aus
15 g Butter, 1 gehäuften TL Mehl und
1/4 l Brühe eine helle Soße herstellen.
200 g Crème fraîche unterrühren. Abschmecken.
3 EL feingehackte Kräuter (Petersilie, Schnittlauch, Kerbel, Estragon) unterheben.

Klöpse in die Soße geben, wieder heiß werden lassen und servieren.

Dazu schmecken Nudeln u. Gemüse der Saison.

Tante Annas Klöpskes

500g Hackfleisch mit
1 gehackten Zwiebel, 1 Brötchen, 1 Ei,
1 EL geriebenen Käse, 1 TL Zitronensaft,
Salz, Pfeffer, Thymian, Majoran, Saft 1 Knoblauchzehe, 1 TL Zitronensaft, Senf und etwas Tomatenmark mischen.
Aus der Hackfleischmasse walnußgroße Kugeln formen.
1 l Wasser mit 1 Lorbeerblatt, 1 in Stücke geschnittenen Zwiebel, einigen Pfefferkörnern und etwas Instantbrühe zum Kochen bringen, und die Klöpse darin garziehen lassen.
Soße: Aus 30g Butter, 30g Mehl und 1/2 l Brühe eine helle Soße bereiten. Mit Zitronensaft und Kapern abschmecken. Die Soße kann mit etwas Schmand oder Sahne verfeinert werden.
Klopse in die Soße geben und mit gehackter Petersilie bestreut servieren.

Gehacktes Fleisch - Haschee

Hackhaschee nach Hausfrauenart

40 g Butter erhitzen,
2 dicke Zwiebel hacken u. darin dünsten,
2 Paprikaschoten in Streifen schneiden, zu den Zwiebeln geben und dünsten.
300 g Gehacktes zufügen und anbraten, mit
1/4 l Brühe auffüllen.
1 Würfel Bratensoße zugeben, ca. 10 Min. köcheln lassen. Mit
Salz, Pfeffer und Tomatenmark abschmecken.
Paßt zu Reis, Nudeln und Kartoffelbrei, zu grünem Salat.

Hackfleischspezialitäten aus der Pfanne . . .

1. Deutsche Beefsteaks

Die Fleischbällchen werden nach dem Grundrezept hergestellt, in sehr heißem Fett von beiden Seiten braun gebraten. Sie dürfen nur eben durchgebraten sein, da sie sonst hart u. trocken werden

2. Gebratene Fleischklopse

Der Fleischteig wird zu Bällchen geformt, in Mehl, verschlagenem Ei, dann in Semmelbrösel gewendet und gebraten.

3. Frikadellen

Früher verstand man darunter einen Fleischteig aus gehackten Fleischresten und etwas Schweinemett. Heute werden fast alle gebratenen Fleischbällchen mit Frikadellen bezeichnet.

Scharfe Hackbällchen

500 g gemischtes Hackfleisch mit
2-4 zerdrückten Knoblauchzehen, Salz,
etwas weißem Pfeffer,
2 kleinen gehackten Zwiebeln, Chilipulver,
1 TL gerebelter Majoran
2 Eiern und
1 eingeweichtem und ausgedrücktem Brötchen
vermengen und gut durchkneten. Evtl.
1-2 EL Semmelbrösel zugeben.
Aus der Masse kleine Kugeln oder flache Hackbällchen formen.
In heißem Fett braten.

Beilagen: Gebratene Hackfleischbällchen schmecken besonders gut zu Kartoffeln. Sie lassen sich fast zu jedem Gemüse servieren.

Das fertige Hackbällchen wird gekrönt

. . . mit Spiegelei

. . . mit einem gebratenen Pilz-Zwiebelgemisch, überbacken mit Camembertscheiben.

. . . mit Zwiebeln, goldbraun geröstet. Dazu Tomatensoße.

. . . mit Spiegelei und 1 Scheibe Käse, überstreut mit gehackter Petersilie, serviert mit Tomatensoße.

Hackbällchen mit Haube

. . . mit Ananas

Ananasscheiben braten, auf die fertigen Bällchen legen, mit je einer Käsescheibe abdecken, kurz den Pfannendeckel auflegen, bis der Käse weich geworden ist.

. . . mit Apfelscheiben

Geschälte Äpfel in dicke Scheiben schneiden, in Fett anbraten, auf das Hackbällchen legen, mit Käse abdecken und mit Preiselbeeren servieren.

. . . mit Paprika

Paprikastreifen dünsten und auflegen, mit Zigeunersauce servieren bzw. garnieren.

. . . Schinkenröllchen

Auf das Hackbällchen eine aufgerollte Schinkenscheibe, dann eine Käsescheibe legen. Unter dem Grill zerlaufen lassen.

Tip: Das Ananasbällchen mit Currysoße servieren.

Hackfleischbällchen mit Füllung und Haube

Deutsches Beefsteak mit Schafskäse

150g Schafskäse in 6 Würfel teilen. Aus
250g Mett und 250g Hackfleisch (oder 500g Hackfleisch), 1 Ei, ½ eingeweichtem, ausgedrücktem Brötchen einen Hackteig bereiten.
Mit Salz, Pfeffer und dem Saft
1 ausgepreßten Knoblauchzehe abschmecken. Hackfleisch in 6 Portionen aufteilen. Je 1 Würfel Schafskäse in die Mitte des Fleischbällchens drücken. Flach drücken und in einer Pfanne von beiden Seiten braten.

Haube: Nacheinander
1 gebratene Ananasscheibe und
1 Käsescheibe auflegen. Die Pfanne mit einem Deckel schließen, bis der Käse anfängt zu schmelzen. Mit Petersilie bestreut servieren. Dazu passt grüner Salat und Stangenbrot.

Hamburger und Cheeseburger,

die Hackfleischmahlzeit für den kleinen Hunger.

Bei Burger, Hamburger, Beefburger oder Cheeseburger wird der Hackfleischteig ohne Bindemittel, wie z. B. Brötchen, Semmelbrösel oder Haferflocken hergestellt.

Burger

1 Zwiebel sehr fein hacken, in etwas
Öl glasig dünsten, abkühlen lassen und unter ca.
400 - 500 g Gehacktes mischen. Mit
Salz und Pfeffer würzen. Aus dem Hackteig 4 gleich grosse Burger formen und flach drücken.

Die Burger auf dem Grill auf jeder Seite ca. 3-4 Minuten grillen oder in einer Pfanne in heißem Öl von jeder Seite 4-5 Min. bei mittlerer Hitze braten. Für den

Beefburger oder Hamburger werden

4 Sesambrötchen halbiert, je eine Brötchenhälfte mit Salatblättern belegt, je einen Burger daraufgelegt und nach Belieben Tomaten-, Gurkenscheiben oder geröstete Zwiebeln aufgelegt. Das Ganze kann mit Ketchup oder Senf abgerundet werden. Danach wird die 2. Brötchenhälfte aufgelegt.

Cheeseburger

Aus

400 g Hackfleisch, 1 Eigelb, Salz, Pfeffer einen Hackteig bereiten und wie unter „Burger" angegeben formen, grillen oder braten.

4 runde Brötchen aufschneiden, jeweils die untere Hälfte mit einem Burger belegen, mit Ketchup bestreichen und mit einer Käsescheibe abdecken. Mit dem Grill überbacken, bis die Käsescheibe schmilzt. Die obere Brötchenhälfte im Grill mitermärmen, aufsetzen und die Cheeseburger warm servieren.

Hackfleischspezialitäten aus der Bratröhre

Hackbraten - einfach

Von 500g Gehacktem einen Hackfleischteig bereiten. Siehe Grundrezept Seite 246.

Weitere Zubereitung und Garen

Aus dem Hackfleischteig einen brotförmigen Laib formen und in Semmelmehl oder Paniermehl wenden u. in einen gefetteten Bräter legen. Mit dünnen Speckscheiben abdecken u. in den auf 200°C vorgeheizten Backofen schieben. Speckscheiben nach ca. 20 Min. abnehmen. Garzeit ca. 35-40 Minuten.

Gefüllter Hackbraten oder Falscher Hase

2-3 Eier 6-7 Min. kochen lassen, abschrecken und abschälen. Hackfleischteig bereiten. Die Hälfte davon wird auf einem, mit kaltem Wasser abgespülten

Fleischbrett länglich ausgebreitet. Dann legt man auf die Mitte, dicht hintereinander, 2-3 gekochte Eier, füllt das übrige Fleisch darüber, drückt es fest um die Eier, formt einen Laib und verfährt nach nebenstehenden Angaben.

Versteckte Eier

750g Hackfleisch mit 2 Eiern, 1 Brötchen,
1 feingehackten Zwiebel, Petersilie, Pfeffer
Salz, Majoran, Senf gut verkneten. 1-2 EL
Paniermehl zugeben.
2 Eier ca 5 Min. kochen, abschrecken, pellen.
Jedes Ei mit der halben Hackfleischmasse umhüllen, fest andrücken,
in Paniermehl wälzen.
In eine gefettete Auflaufform legen. Im vorgeh. Backofen bei
ca 45 Min.
garen.
Mit Tomatensoße
servieren.

Hackbraten mit Käsefüllung

500g Hackfleisch mit
1 eingeweichten, ausgedrückten Brötchen und
1 Ei vermengen. Mit Salz u. Pfeffer abschmecken.
1 gewürfelte Zwiebel in der Pfanne in etwas
Butter glasig dünsten. Zusammen mit
1/2 Bund Petersilie und
200g in Würfel geschnittenen Emmentaler Käse zur Hackmasse geben. Mit
Cayennepfeffer abschmecken.
1 rote Paprikaschote würfeln, in einer Pfanne in Butter dünsten, mit der Hackmasse mischen.

Den Teig zum Bratenstück formen, in eine ausgefettete feuerfeste Form legen und mit Speckscheiben belegen. Im vorgeheizten Backofen bei 220°C ca. 50 Minuten garen. Nach 20 Min. die Speckscheiben abnehmen, damit die Hackteigoberfläche bräunen kann.

Bratwurst mit Äpfeln

4 Bratwürste von je 150 g.
Damit die Würste wegen eines zu hohen Temperaturunterschiedes nicht platzen, gibt man sie stets mit etwas kaltem Wasser und ein wenig Butter in die Pfanne und bringt sie langsam zum Kochen. Ist das Wasser verkocht, setzt automatisch der Bratprozeß ein. Bei milder Hitze brät man sie von beiden Seiten knusprig braun.

1 Apfel in Scheiben schneiden, 2-3 Minuten mitschmoren lassen. Nach Geschmack mit etwas frischgemahlenem Pfeffer würzen.

Bratwürste schmecken ganz einfach mit Brot, Brötchen und Senf oder mit frischen Salaten und anderen Beilagen.

Panierte Leber

350 g Kalbs- oder Rinderleber waschen, abtrocknen.
4 EL Semmelbrösel mit
4 EL geriebenem Käse mischen. Die Leber in Scheiben schneiden, mit dem Gemisch panieren.
60 g Butter in einer Pfanne erhitzen. Die Leber von beiden Seiten kurz darin anbraten.
1/4 l Rotwein zugießen, Aufkochen lassen. Leber herausnehmen, salzen, warmstellen.
1 TL Stärkemehl mit wenig Wasser anrühren und die Soße damit binden. Mit gebratenen Apfelscheiben anrichten.

Abänderung: Statt Rotwein 1/8 l Stachelbeersaft und 200 ml Sahne zur gebratenen Leber geben. Mit Salz, Pfeffer und Zucker abschmecken. Mit erhitzten Stachelbeeren mischen.

Lebergulasch

500 g Leber würfeln, mit Mehl bestäuben, in heißem Fett anbraten, mit 3/8 l heißem Wasser auffüllen.
1 P. „Gulaschfix" einstreuen, 5 Min. köcheln lassen
3-4 " zerkleinerte Gewürzgürkchen darin erhitzen.

Wild- und Geflügelgerichte

Wildfleisch

Tips für die Zubereitung

Während man früher starken Wildgeschmack (Hautgout) schätzte, wird er in der heutigen modernen Küche abgelehnt. Um das Fleisch mürbe zu machen, legt man das Fleisch älterer Wildtiere vor der Zubereitung für einige Stunden oder Tage in eine Beize oder Marinade.

Das Essigtuch

Es ist besonders für zarte, gut abgehangene Wildbraten und Hasen geeignet.
Auf das feuchte Essigtuch können getrocknete Gewürzkräuter wie Thymian, Oregano, Salbei, Rosmarin gelegt werden. Das Fleisch wird darauf gelegt und eingewickelt. Am nächsten Tag muss das Tuch wieder gut angefeuchtet werden.

Die Buttermilchbeize

Sie eignet sich für alle Wildfleischarten. Hierbei wird die Buttermilch ohne weitere Zugabe über das vorbereitete Fleisch gegeben und damit vollständig bedeckt. Kalt stellen!

Eingefrorenes Wildbret

sollte nach dem Auftauen gründlich gewaschen und wieder gut abgetrocknet werden.

Die Öl-Wein-Beize

Sie eignet sich besonders gut zum kurzen Marinieren (2-3 Stu.) von Wildsteaks, Wildfilet, aber auch für Rindersteaks und Bratenstücke.
Folgende Zutaten werden hierfür gemischt:
1/4 l Sonnenblumenöl, 1/4 l Rot- oder Weißwein, 1 Gläschen Cognac o. Saft 1/2 Zitrone, 1 TL Salz, 1/2 TL grob gemahlener Pfeffer, 1/2 TL Thymian, 1 TL Paprika, 2 EL feingehackte Kräuter wie Petersilie, Schnittlauch, Kerbel, 1 gehackte Zwiebel. Das Fleisch während des Beizens mehrmals wenden. Größere Fleischstücke können 3-4 Tage in dieser Beize marinieren.

Serviervorschlage für Wildgerichte

Zu fast allen Wildgerichten passt Rotkohl, Brokkoli, Rosenkohl mit Maronen, aber auch frische grüne Salate. Im Herbst und Winter passt Feldsalat besonders gut.

Beilagen: Kartoffelkroketten, Kartoffelklöße, Salzkartoffeln. Falls ein Rehrücken kalt serviert wird, stellt man Cumberlandsoße mit frischem Weißbrot dazu.

Garnierungen: Wildpilze, besonders geeignet sind Pfifferling und Steinpilze.
Obst: Gedünstete Birnen-, Pfirsich- und Aprikosenhälften, Apfelscheiben, gefüllt mit Preiselbeeren; Trockenobst.

Passende Getränke

Zu festlichen Wildgerichten Rot- u. Rosèweine; zu einfachen Wildgerichten Wein, Tafelwasser, Bier;

Wildsuppe

für etwa 6 Portionen

500g Wildfleisch in etwa 2cm große u.
150g durchw. Räucherspeck in kleine Würfel schneiden.
1 Stange Lauch, 2 Möhren und
1 Stück Sellerieknolle kleinschneiden.
Den Speck in einem großen Topf auslassen, Fleisch und Suppengemüse zugeben und kräftig anbraten. Mit
1½ l Rindfleischbrühe (Instant) ablöschen. Gewürze wie
1 Lorbeerblatt, 4 Pfefferkörner und
2 Nelken in ein Mullbeutelchen binden und in die Suppe hängen. 90 Min. leicht köcheln lassen. (Schnellkochtopf 20 Min.) Gewürze entfernen. Die Suppe mit
1 EL Mehl leicht binden. Mit
1 Glas Rotwein, 2 EL Preiselbeermarmelade, Pfeffer,
Salz und ein wenig Tabasco abschmecken.
250g frische Champignons o. aus der Dose in Butter anbraten, zur Suppe geben. In Tassen füllen
1 Klecks Schlagsahne auf jede Portion geben. Mit gehackter Petersilie bestreut servieren.

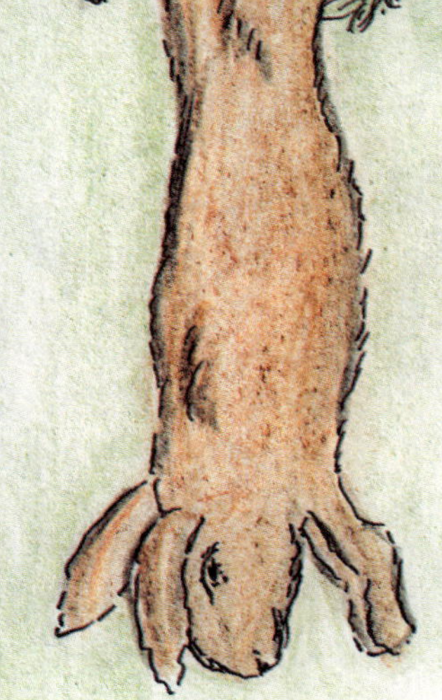

Gebratene Hasenkeulen

4 Hasenkeulen mit Salz u. Pfeffer einreiben.
1 EL Öl in einen Bräter geben.
100 g gewürfelten Speck darin glasig werden lassen.
2 EL Wein u. 2 EL Orangensaft und die Hasenkeulen zugeben. Von allen Seiten knusprig anbraten. Danach von einem Gemisch von
1 TL Rosmarin und
½ TL Thymian bestreuen.
3 Gewürznelken, 1/8 l Rotwein,
1/8 l Orangensaft, 1/8 l Wasser zufügen, Deckel auflegen.
In ca. 45 Min. gar schmoren.
Die Keulen aus dem Bräter nehmen, Bratenfond aufkochen, evtl. Wasser zugeben, mit Mehl binden, mit Sahne verfeinern, abschmekken.

Hasenrücken mit Aprikosen

2 bratfertig gespickte
tiefgefrorene oder frische
Hasenrücken kalt abspülen
und trocken tupfen.
1/4 l roter Wermutwein, 1 Lorbeerblatt und
2 Tl Rosmarin
in ein flaches Gefäß geben. Die Hasenrücken in dieser Marinade 3-4 Stunden zugedeckt liegen lassen, zwischendurch wenden. Nach dem Herausnehmen trocken tupfen, in einem Bräter oder in einer Pfanne in
60 g Butterschmalz rundherum anbraten.
1 gehackte Zwiebel zufügen und mit anbraten. Etwas salzen und pfeffern.

Mit Marinade ablöschen.
Im vorgeheizten Backofen bei 210° C in etwa 40 Minuten garen. Zwischendurch mit dem Bratensud begießen. Auf Flüssigkeitsverluste achten!
Nach dem Garen Fleisch herausnehmen, warm stellen. Bratensud auf die gewünschte Soßenmenge auffüllen, mit
150ml Schmand verfeinern, mit Mehl binden, mit
Salz und Pfeffer abschmecken.
1 kleine Dose Aprikosenhälften im eigenen Saft erhitzen. Hasenrücken mit etwas Soße u. Aprikosen auf einer vorgewärmten Platte anrichten.

Variation:

Statt in der angegebenen Marinade, kann der küchenfertige Hase einen Tag in Buttermilch oder in einer Öl-Wein-Beize mariniert werden, (Seite 264/265).

Wildes Kaninchen

Kaninchenfleisch kann wie Hasenfleisch zubereitet werden.
Es ist zarter als Hasenfleisch und hat daher eine kürzere Garzeit.
Durch Marinieren wird der Wildgeschmack herabgemildert.

Gebratene Reh- oder Hirschkeule

1 Kg küchenfertige Reh- oder Hirschkeule
2 Tage in einer Buttermilch- oder Öl-Wein-Beize (Seite 264/265) marinieren.
4 EL Öl in einen Bräter geben, mit ca.
40 g in Scheiben geschn. durchw. Speck belegen, Hirschkeule darauf legen, mit weiteren
40 g in Scheiben geschnittenen Speck bedecken.
Den Bräter in den auf 210-220°C vorgeheizten Backofen schieben u. ca. in 1/2 Stunde von allen Seiten knusprig braun braten. Etwas Wasser u.
4 Wacholderbeeren, Salz u. Pfeffer zufügen, Deckel auflegen. Das Fleisch 60-70 Min. schmoren lassen. Zwischendurch wenden. Während der letzten 10 Minuten, 1 geh. Zwiebel,
250 g Steinpilze oder Pfifferlinge u. 1/4 l Schmand mitschmoren lassen. Den Bratensud mit

1/8 l Rotwein aufkochen, mit Mehl binden und abschmecken.

Rehrücken-gebraten

6 - 8 Portionen

2 Kg Rehrücken, von Häute und Sehnen befreien. Mit einer Gewürzmischung aus
1 TL Salz, 1 TL Pfeffer, 1/2 TL Thymian, 1 EL Senf
1 Msp. Rosmarin, 3 gestoßene Wacholderbeeren und
3 EL Öl bestreichen. Mit
100 g Schinkenspeckscheiben belegen. In einen Bräter oder in eine Auflaufform legen.
1/8 l Fleischbrühe zugießen und bei 210-220°C ca. 45 Min. im vorgeheizten Backofen garen. Zwischendurch mit Bratensud übergießen. Nach 25 Min. Speckscheiben abnehmen. Ein Gemisch von
1/8 l Rotwein und 1/4 l Schmand zugießen.

Bratensud bis zur gewünschten Soßenmenge auffüllen, mit ein wenig Mehl binden. Den Braten von beiden Seiten in schräge Scheiben schneiden.

Entenbraten

1 küchenfertige Ente mit
Salz, Pfeffer, Oregano und
1/2 Tl gerebelten Thymian von innen und außen einreiben. Bräter mit etwas
Plattenfett oder Butterschmalz erwärmen u. die Ente mit der Brust nach unten in den Bräter legen. Deckel aufsetzen. Bräter in den auf 200°C vorgeh. Backofen schieben. Garzeit ca. 1½ - 2 Stunden. Zwischendurch wenden und mit dem Bratensud begießen, 10 Min. vor Ende der Garzeit Orangengelee oder
Honig erhitzen u. die Ente damit bepinseln. Ohne Deckel weiter garen, bis die Haut kroß ist. Danach die Ente herausnehmen u. warm stellen

Bratensoße I:

Den Bratensaft etwas entfetten. Saft von
2-3 Orangen zufügen u. aufkochen lassen.
1 Becher Schmand zufügen und gut verschlagen. Mit Salz und Pfeffer abschmecken, anrichten, mit zerstoßenen Pfefferkörnern und Thymianblättchen bestreuen. Soße separat zur Ente servieren.

Bratensoße II:

Den Bratensaft mit 1/8 l Hühnerbrühe und
1/8 l Rotwein löschen, in einen Topf gießen u. mit
1 Lorbeerblatt und
2 Nelken zum Kochen bringen.
1/2-1 Tl Mondamin mit etwas kaltem Wasser anrühren und die Soße binden. Mit

Sahne, Salz u. Pfeffer abschmecken. Soße durchsieben und separat zur Ente servieren. Die Ente mit gedünsteten Apfelscheiben oder Pfirsichhälften, gefüllt mit Preiselbeeren, servieren.

Serviervorschlag:

Kartoffelklöße oder gekochte Kartoffeln;
Rosenkohl oder Brokkoli oder Feldsalat.

Gebratene Gans

Eine gut gebratene Gans
ist eine gute Gabe Gottes . . .

1 küchenfertige Gans waschen, mit Küchenkrepp abtrocknen. Eine TK-Gans vorher auftauen. Den Bürzel mit den beiden Fettdrüsen wegschneiden. Gänsefett aus der Bauchhöhle herauslösen. Die Gans von außen nur mit Salz einreiben. Von innen mit einer Mischung aus Salz, Pffer und Majoran würzen. Statt Majoran kann auch Beifuß eingesetzt werden. Gänsefett in einem Pfannenbräter auslösen, etwas Butter zugeben u. die Gans darin von allen Seiten gut anbräunen.

Eine in Ringe geschnittene Zwiebel zufügen. Die Gans im vorgeheizten Backofen bei 200°C 2 1/2 - 3 Stunden (je nach Größe) braten. Zwischendurch mehrmals heißes Wasser zugießen und die Gans mit Bratensud begießen. Damit die Gans eine schöne knusprige Haut bekommt, wird sie in den letzten 10 Minuten der Bratzeit mit kaltem Salzwasser (1 EL Salz auf 1/4 l) eingepinselt.

Garprobe: Die Gans ist durchgebraten u. gar, wenn sich die Keulen leicht im Gelenk drehen lassen.

Für die Soße den Bratensaft mit 1/4 l kaltem Wasser aufkochen lassen und in einen Topf gießen. Die Soße mit Mondamin binden und mit saurer Sahne verfeinern.

Gans mit Apfelfüllung

4 große säuerliche Äpfel schälen, achteln, mit 50 g Rosinen oder Korinthen, 1 EL Zucker und 50 g gehackten Mandeln mischen. Die Füllung vor dem Anbraten in die Gans geben u. die Öffnung vernähen. Die Gans nach der Garzeit wieder öffnen u. die Füllung in eine vorgewärmte Schüssel geben. Zubereitung wie „Gebratene Gans".

Beilagen: Rotkohl, Kartoffelklöße, Äpfel mit Preiselbeeren gefüllt. Bei der gefüllten Gans wird die Füllung dazu gereicht.

Putenschnitzel mit Kokosflocken-Panade

1 Ei mit 2 EL Milch verrühren.
100g Kokosflocken auf einen Teller füllen.
4 Putenschnitzel mit Salz und Curry einreiben.
Putenschnitzel nacheinander in Ei und Kokosflocken wenden u. leicht andrücken.
In eine Pfanne reichlich
Fett geben. Panierte Schnitzel in dem erhitzten Fett langsam von beiden Seiten knusprig braun braten.

Soße:

1 kl. Dose Aprikosen auf ein Sieb schütten.
1/8 l Aprikosensaft u. 1/8 l Wasser erhitzen. Mit
1 Päckchen „Helle Grundsoße" lt. Packungsbeilage binden.
1 EL Butter u. 2 EL Eierlikör zufügen. Mit Salz, Zucker u. Curry abschmecken, mit Aprikosen u. Kiwi anrichten u. mit der Soße servieren.

Putengulasch mit Champignons

500 g	Putenfleisch zuerst in dicke Scheiben, dann in Stücke schneiden.
60 g	Butter in einem kleinen Bräter erhitzen, Putenfleisch darin von allen Seiten anbraten, herausnehmen, mit
Salz	und Pfeffer würzen. Inzwischen
500 g	kleine Champignons putzen und
2	kleine Stangen Lauch in Streifen schneiden, in dem Bräter geben, andünsten, dann zu dem Fleisch geben. Den Bratensatz mit
1/4 l	Hühnerbrühe und
1/8 l	trockenen Wein ablöschen, etwas einkochen, Fleisch und Gemüse zusammen
mit 1	Becher Crème fraîche hineingeben.
ca 25 g	Mehl oder Soßenbinder mit
1/8 l	Schlagsahne verrühren, zufügen, aufkochen lassen.
2 - 3 EL	gehacktes Basilikum unterheben. Mit
Salz,	Pfeffer u. Sojasoße abschmecken.

Serviervorschlag: Mit Salat und Reis oder einer Wildreismischung servieren.

Poularde in Rahmsoße

1 Poularde in 4 Teile schneiden, in heißem
Fett anbraten, mit Pfeffer, Rosmarin, Thymian,
Salz und Basilikum würzen. Die Flüssigkeit
1 kleinen Dose Champignon (Köpfchen) und
1/8l Weißwein in den Bräter geben.
Zugedeckt ca. 25 Min. schmoren lassen.
Geflügelstücke herausnehmen, Knochen auslösen, Fleisch in grobe Stücke schneiden.
1 Päckchen Rahmbratensoße in den Bratenfond einrühren.
1 Becher Schmand u. 1 Gläschen Sherry zufügen. Etwas köcheln lassen und abschmecken. Fleisch und Pilze in die fertige Soße geben. Schmeckt besonders gut zu Reis und grünem Salat.

Hühnerfrikassee in Currysoße

1 Suppenhuhn gar kochen, siehe Seite 17. Das Fleisch in Stücke schneiden und in Currysoße geben. Für die Currysoße
3-2 gehackte Zwiebeln in
30g Butter glasig dünsten. 1-2 Tl Curry oder reichlich Currysauce (Fertigprodukt aus Glas oder Flasche) zufügen.
2 Tl Mehl unterrühren, mit
1/8 l fertiger Suppe und
1/8 l Sahne auffüllen, etwas köcheln lassen.
2 Scheiben in Stückchen geschnittene Ananas zugeben. Mit Curry, Salz und Pfeffer abschmecken.

Serviervorschlag: Hierzu passt besonders gut Reis mit frischem Salat.

Chinesisches Huhn mit Gemüse

400-500g gekochtes Hühner- oder Hähnchenfleisch in schmale Streifen schneiden und in eine Schüssel geben.
1 gehackte Zwiebel
3 EL Sherry
2 EL Sojasoße und
1 gehäufter TL Stärkemehl mit dem Fleisch vermischen. Zugedeckt 1/4 Stunde stehen lassen.

Gemüse

250 g Chinakohl und
1 Stange Lauch in feine Streifen schneiden.
1 kl. Dose Bambusschößlinge und

1 kleine Dose Champignons über ein Sieb schütten, scheibeln.
1 Tasse gekochte, grüne Erbsen, ca. 150 g.
6 EL Öl in einer Pfanne erhitzen. Hühnerfleisch darin goldbraun braten, herausnehmen. Danach das Gemüse in die Pfanne geben und ca. 3 Minuten in dem Fett anbraten.
Das Hühnerfleisch und
1/8 l Hühnerbrühe zum Gemüse in die Pfanne geben, unter Wenden ca. 5 Minuten schmoren lassen. Mit Salz, Pfeffer und Sojasoße abschmecken.

Hähnchenkeulen

4 Hähnchenkeulen mit Salz, Pfeffer, Paprika und Kräutersenf einreiben, evtl. mit Thymian.
2 gr. feingehackte Zwiebeln, 1 TL Butter,
1/8 l Sahne. Alle Zutaten in einen Bratbeutel füllen und etwa 40 Minuten garen.
Siehe Arbeitsanleitung Bratfolie Seite 328.

Hähnchen in Rotwein

1 Hähnchen
ca. 1000g topffertig mit Salz einreiben.
40g Fett erhitzen und das Hähnchen darin von allen Seiten braun anbraten.
1-2 Zwiebeln würfeln, dazugeben, weiterbraten, bis sie anfangen zu bräunen.
500g frische Champignons putzen, zufügen und kurz mitschwitzen lassen. Mit
1/4 l Rotwein und 1/4 l kochendes Wasser auffüllen.
1 Pr. Rosmarin und
1 Pr. Thymian zufügen, ca. 3/4 Studen schmoren. Bei Bedarf etwas Rotwein nachfüllen.

Das gegarte Hähnchen aus dem Sud nehmen, die Flüssigkeit auf die passende Menge einkochen lassen, mit Sahne abschmecken. Hähnchen vierteln, anrichten, mit dem Sud übergießen. Mit Stangenbrot servieren.

Hähnchenbrust

mit Soße Hollandaise und Pilzen

4 Hähnchenfilets mit
Salz, Pfeffer und Paprika edelsüß würzen, mit
20 g Mehl bestäuben, dann von allen Seiten in
30 g erhitzter Butter braun anbraten.

1 Glas Pilze, ca 200 g, auf ein Sieb schütten.
1 gewürfelte Zwiebel in einer Pfanne in
20 g Butter andünsten, Pilze zufügen, mit
Salz und Pfeffer würzen.
1 Bd. Frühlingszwiebeln in Ringe schneiden, ca. 5 Min. zusammen mit den Pilzen dünsten. Mit
2 EL gehackter Petersilie mischen. Mit Pilz-Sojasoße abschmecken. Auf eine Platte füllen.
Soße „Hollandaise" oder die verfeinerte Grundsoße, siehe Seite 337, darüber ziehen. Unter dem vorgeheizten Grill kurz goldgelb überbacken.
Zu den Brathähnchen servieren. Dazu schmeckt frisches Stangenbrot.

„Junge Hähnchen
sanft gebraten,
Dazu kann man
dringend raten.
Und man darf
getrost inzwischen
Etwas Rahm darunter
mischen". Busch

Brathähnchen

2 kleine Hähnchen (a 800g) gründlich waschen, mit Küchenkrepp abtrocknen, von innen leicht mit
Salz und Pfeffer würzen.
In einer Tasse eine Gewürzmischung von
3 EL Öl, 1 TL Paprika, Salz, Pfeffer und nach Geschmack auch mit etwas Knoblauchsaft u.
Curry verrühren.
Die Hähnchen in einen Bräter oder in eine Auflaufform mit der Brustseite nach oben legen, mit der Gewürzmischung bepinseln, in den auf 225°C vorgeheizten Backofen schieben und je nach Größe des Hähnchens 25-30 Min. goldbraun braten. Zwischendurch einige Male mit der Gewürzmischung bepinseln.

Hähnchen herausnehmen und warm stellen.

Soße

250g Champignons aus der Dose zum Bratenfond geben und leicht anbraten.

1/8 l Weißwein und 125g süße Sahne zugeben Mit angerührtem Mehl binden, abschmecken

Die Soße mit gehackter Petersilie überstreut zum Hähnchen servieren.

Hähnchenbrust paniert

4 Hähnchenbrustfilets (a 120g)

2 Eier, 2 EL Milch, Salz, Pfeffer verquirlen

4 EL Paniermehl und 4 EL Sesamsamen mischen. Die Hähnchenbrustfilets nacheinander in Ei und der Sesampanade wenden. In erhitztem Öl von beiden Seiten etwa 8 Min. anbraten.

Tip: Statt Hähnchenbrustfilet können Sie auch Putenschnitzel in Sesam panieren. Dazu schmeckt ein grüner Salat besonders gut.

„Und von dem ganzen Hühnerschmaus,
da guckt nur noch ein Bein heraus." W. B.

Fischgerichte

Fischfang an der Loreley

Herr Fisch bittet zu Tisch

Forellen sind mein Lieblingsessen.
Ich selbst hab' sie noch nie gegessen.
Doch meiner Mutter Schwester Sohn,
Der hat neben einem Mann gesessen,
Der hat welche sehen essen...

(Verfasser unbekannt)

Fische - gesundheitlicher Wert

Fische besitzen ein biologisch hochwertiges Eiweiß. Die einzelnen Fischarten haben im Frischezustand einen Eiweißgehalt, der zwischen 17 und 20% liegt.

Der Fettgehalt der Fische ist recht unterschiedlich.

Ausgesprochen fettarm sind Flunder, Scholle, Schellfisch, Kabeljau, Seelachs. Ihr Fettanteil liegt bei 1%. Außerdem besitzen die

Süßwasserfische Flussbarsch, Forelle, Hecht einen Fettgehalt von ca. 1 %.

Verhältnismäßig fettarm sind Seezunge, Heilbutt, Rot- und Goldbarsch, Karpfen. Ihr Fettgehalt bewegt sich zwischen 1,4 und 5%. Zu den

fettreichen Fischen zählen Makrele, Hering, Sprotte, Lachs, Aal. Der Fettgehalt liegt zwischen 12 und 20 %.
Fettfisch ist reich an ungesättigten Fettsäuren.

Kohlenhydrate

sind keine vorhanden.

Vitamine:

Vertreten sind die Vitamine der B-Gruppe. Außerdem sind in den fettreichen Fischen Vitamin A und D enthalten.

Mineralstoffe:

Fische sind reich an Kalium, Phosphor, Jod und Eisen.

Anglerlatein

„Ich hab' der Meerjungfrau guten Appetit gewünscht."

Garantiert kein Anglerlatein sind die folgenden küchentechnischen Hinweise!!!

Frische Fische:
Frische Fische erkennt man an ihren roten Kiemen. Durch Heben der Kiemdeckel ist die Farbe leicht festzustellen. Auch matte Augen und loses Fleisch deuten auf fehlende Frische hin.

Abschuppen:
Man schabt mit einem scharfen Messer vom Schwanzende zum Kopf hin.
Die Haut darf dabei nicht verletzt werden.
Man kann auch grobes Salz zu Hilfe nehmen.
Holzbretter müssen vorher gut mit kaltem Wasser abgespült werden, damit der Fischgeruch nicht einzieht.

Häuten:
Es geht ganz einfach, wenn man vorher den Fisch kurz mit siedendem Wasser überbrüht.

Säubern: Kurz unter fließendem Wasser waschen. Nicht im Wasser liegen lassen! Nährstoffe laugen aus. Der Fisch schmeckt wässerig.

Säuern: Von allen Seiten reichlich mit Zitrone oder Essig beträufeln. Das Fischfleisch wird fester u. würziger, der Geruch wird gebunden.

Stehen lassen: Ca. 30 Minuten, damit die Säure wirksam werden kann.

Salzen geschieht unmittelbar vor dem Garen. Salz entzieht dem Fisch Wasser.

Gefrorener Fisch: In Milch auftauen lassen. Dadurch wird er zarter u. es entsteht kein Gefriergeschmack.

Gekochter Fisch: Fisch nur garziehen lassen! Beim Kochen zerfällt er. Blau zu kochende Fische nicht in siedendes Wasser geben. Das Eiweiß des Fischfleisches stockt dann zu schnell, die Haut platzt und der Fisch zerfällt.

Gebratener Fisch: Beim Braten spritzt kein Fett, wenn vor dem Einlegen des Fisches ein Stück Brot in die Pfanne gelegt wird. Damit sich das Fischfleisch beim Fischfilet nicht wölbt, lässt man es zuerst auf der Grätenseite, dann auf der anderen Seite bei milder Hitze garen.

Räucherfisch hält sich länger, wenn er zuerst in ölhaltiges und dann in Pergamentpapier geschlagen wird.

Alle kalt geräucherten Fische sind länger haltbar als heiß geräucherte. Außerdem sind sie im Geruch und Geschmack intensiver.

Fischgerüche entfernen

- Die Pfanne mit Salz ausreiben u. mit Küchenkrepp ausputzen. Bei Bedarf mit Zitronensaft ausreiben.
- Fischgeruch an Händen verschwindet, wenn man die Hände zuerst kalt abspült, anschließend mit Zitronensaft einreibt und danach wäscht.

Fischgräte verschluckt

Langsam und schluckweise Zitronensaft trinken. Die Gräte wird weich. Danach etwas trockenes Brot essen und damit die Gräte herunterschlucken. Oder man versucht mit Hilfe von Sauerkraut die Gräte herunterzuschlucken. Sauerkrautfäden können sich um die Gräten schlingen und aus der Speiseröhre ziehen.

Fischzubereitung

Fische oder Fischfilets, die gebraten werden sollen, können vor dem Braten mit verschiedenen Panaden versehen werden. Der Fisch muss vor dem Panieren gut abgetrocknet werden.

Panaden für Bratfisch

1. Fisch pfeffern, salzen, in Mehl wenden, abklopfen, braten.
2. Fischisch pfeffern und salzen, nacheinander in Mehl und Ei wenden, braten.
3. Ei mit ein wenig Mehl verquirlen. Den Fisch pfeffern, salzen, zuerst in Mehl, dann in der Eimasse wenden und braten.
4. 1 Ei mit 2 EL Milch und 1½ TL Paprika verrühren. 2 EL Mehl mit 50g Mandelblättchen mischen. Fisch würzen, mit Mehl bestäuben, dann in Eiermilch u. zum Schluss im Mehl-Mandelgemisch wälzen.
5. Paniermehl und Sesamkörner zu gleichen Teilen mischen.
   1 Ei mit 1 EL Milch verschlagen. Fisch würzen, nacheinander in Mehl, Ei und dem Paniermehl-Sesamgemisch wenden.

Für die Verwertung von Fischabfällen und Fischresten sind verdienstvolle Katzen gerne zuständig.

Serviervorschläge für Fischgerichte

Zu Fischgerichten passen
alle grünen Salate, Tomaten, Gurken,
die feinen Gemüsearten, Spargel besonders gut
zu Lachs, aber auch Erbsen und Brokkoli,
Fenchel, Lauch, Möhren.
Als Beilagen passen besonders gut Petersilien-
kartoffeln, Ofenkartoffeln, Reis.

Getränke:
Zu gekochtem und gedünstetem Fisch paßt ein
leichter spritziger Weißwein.
Zu gebratenem Fisch reicht man eine etwas
schwerere Weißweinsorte.
Zu Räucherfisch kann ein voller Weißwein
oder leichter Rotwein gereicht werden.

Fischsuppe

2 EL Öl in einem Topf erhitzen.
1 gehackte Zwiebel darin glasig dünsten.
250g Tomaten in Achtel schneiden, vom Stielansatz befreien, zusammen mit
1 gehackten Knoblauchzehe
1 Zweig Thymian, 1 Lorbeerblatt
1 Bd. Petersilie zu den Zwiebelwürfeln geben und ca 10 Min. dünsten.
1/4 l trockenen Weißwein zufügen, weitere 5 Min. garen lassen, die Masse im Mixer pürieren, mit
Salz und Pfeffer abschmecken.
600g Fischfilet (Dorsch, Scholle, Heilbutt) in grobe Stücke schneiden, in einen Topf geben und mit dem Tomatenpüree übergießen.
1/2 l Fischbouillon (Instant) und etwas Weißwein zugießen. Die Fischstücke müssen bedeckt sein. Langsam zum Kochen bringen. In 10-15 Min. gar ziehen lassen. Suppe evtl. nachwürzen.
Anrichten und mit gehackter Petersilie überstreuen.

Fischfilets in Dill-Sahne-Soße

8 Fischfilets
(Makrelen-, Kabeljau-, Schellfisch- oder Seelachsfilets) säuern, pfeffern, salzen und in eine vorbereitete Auflaufform legen.

2 Becher Schmand, saure Sahne o. Crème fraîche

5 EL geh. Dill mit der Sahne verrühren und darüber gießen.

2 EL geriebenen Käse und

2-3 El Paniermehl darüber streuen.

Butterflöckchen aufsetzen.

Bei ca. 210-220°C etwa 30 Min. überbacken.

Serviervorschlag:

Mit Kartoffeln oder Reis und frischen grünen Salaten servieren.

Überbackene Seezunge

Weinsud

1/8 l Weißwein, 1/4 l Wasser, Salz, Pfeffer, Nelke, 1 Lorbeerblatt,

1 kleine Stange Lauch, 2 gehackte Zwiebeln; in einen Topf geben, aufkochen und danach 30 Min. ziehen lassen und sieben.

2 Pakete Tiefkühl-Seezungenfilet (a 250g) auftauen lassen und in eine vorbereitete Auflaufform schichten. Mit Weinsud übergießen.

100g Krabben auf dem Fisch verteilen.

25 g Butter mit 25g Mehl zu Mehlbutter verkneten und in Form von kleinen Flöckchen aufsetzen.

2 Eigeb mit 4 EL süße Sahne, Salz, Pfeffer u. gehackter Petersilie verquirlen und über die Fische geben.

Im vorgeheizten Backofen ca 30 Min. bei 200°C garen.

Fisch à la Provence

Gewürzsud:

1 gewürfelte Zwiebel in 2 EL Öl glasig dünsten.
Salz, Pfeffer, 1 Lorbeerblatt, 6 Pfefferkörner,
2 Nelken, 1/8 l Weißwein, 1/8 l Weinessig zu den Zwiebeln geben u. langsam zum Kochen bringen, abschmecken, über ein Sieb schütten und den Sud zurück in den Topf geben.
ca 800 g vorbereiteten Fisch hineinlegen u. langsam zum Sieden bringen. In etwa 8-10 Min. garziehen lassen. Nicht kochen! Fisch herausnehmen, abtropfen lassen u. in eine vorbereitete Auflaufform legen.

Soße:

4 Eigelb, 1 TL Senf, 1 EL Kräuter, Oregano mit
4 EL Sahne verrühren, 4 EL Öl unterschlagen. Mit
Salz, Zucker, Pfeffer und Wein abschmecken. Den Fisch mit der Soße übergießen u. ca. 10 Min. im Backofen überbacken.

Lachskotelett

4 Lachskoteletts (je ca. 150g) kalt abspülen, nach dem 4-S-System vorbereiten, mit wenig Pfeffer würzen.
4 EL Öl und 2 TL Butter in einer Pfanne erhitzen. Lachskoteletts darin von jeder Seite 3 Minuten anbraten. Mit ein wenig
Instant-Hühnerbrühe und Pfeffer bestreuen. Die Pfanne schließen und bei geringer Hitze in ca. 6 - 10 Min. gar dünsten.

Gebratenes Lachssteak

4 Lachssteaks, (aca. 150g) nach dem 4-S-System vorbereiten, mit einer Gewürzmischung aus
Salz, Pfeffer, Oregano, Petersilie u. Knoblauch einreiben, mit Mehl bestäuben, in heißer Butter von jeder Seite etwa 5-6 Min. braten.

Lachskoteletts und Lachssteaks mit Kräuterbutter und Dill anrichten oder mit einer Soße servieren, z. B. Soße Hollandaise oder Kräutersoße.

Forelle in Alufolie

4 frische oder gefrorene Forellen nach dem 4-S-System, siehe Seite vorbereiten.
1/2 Bd. Kräuter, Dill oder Petersilie fein hacken, mit
ca. 50 g Butter verkneten, jeweils 1/4 davon in jede Forelle legen.
Fisch locker in geölte Alufolie einschlagen.

Die fertigen Päckchen in den vorgeheizten Backofen auf den Rost der Fettpfanne legen. In 25 Min. bei 220°C gardünsten.

Forelle in Bratfolie

Die mit Kräuterbutter gefüllte Forelle mit 1 EL Wasser u. ein wenig Kräutern in den Bratschlauch füllen. Siehe Seite . In den auf 200°C vorgeheizten Backofen schieben und in ca. 25 Min. garen.

Serviervorschlag: Petersilienkartoffel, Butter, grüner Salat.

Fischfilet mit Currysoße

Ca. 500 g Rotbarschfilet nach dem 4-S-System vorbereiten und stehen lassen.

2 Stangen Lauch in Scheiben,

2 Zwiebeln und

100 g geräucherten Speck in Würfel schneiden. Speck in einer Pfanne knusprig ausbraten, Lauch und Zwiebeln zufügen, ca. 5 Minuten dünsten. Mit

½-1 EL Curry würzen. Alles in eine gefettete Auflaufform füllen.

100 ml trockenen Wein darüber gießen. Die Fischfilets mit reichlich

Curry würzen und ziegelartig auf den Porree legen.

Guss: 1 Becher Schmand (250 ml) Curry nach Geschmack, 2 EL Kokosraspeln, 2 EL geriebenen Gouda. Zutaten verrühren, mit Salz abschmekken. Guss auf den Fischfilets verteilen. Im vorgeheizten Backofen bei 200°C ca. 30 Min. überbacken.

Fischragout in Sahnesoße

500g Fischfilet nach dem 4-S-System vorbereiten.

Sud:

1/8 l Weißwein, 1/4 l Wasser, 1 Lorbeerblatt,
2 Nelken, etwas Thymian, 2-1 gehackte Zwiebeln zum Kochen bringen, mit Salz u. Pfeffer abschmecken. 30 Min. ziehen lassen, absieben. Sud wieder in den Topf füllen, Filetstücke einlegen, Sud zum Sieden bringen und die Filets darin gar ziehen lassen.

Soße:

2 gehackte Zwiebeln in 40g Margarine glasig dünsten.
1 EL Mehl kurz darin anschwitzen mit 1/4 l Fischsud auffüllen, 2 Min. köcheln lassen. Mit
Senf, Salz, Zucker, Pfeffer abschmecken.
1/8 l Sahne oder Schmand u. 1 EL gehackte Petersilie zugeben. Fisch grob zerkleinert in die Soße geben.

Gefüllte Fischröllchen

8 Schollenfilets leicht salzen und pfeffern, mit
Saft ½ Zitrone beträufeln. Mit je
1 Käsescheibe (200g Raclettkäse in Scheiben) belegen, vorsichtig aufrollen, evtl. mit Zwirn umwickeln.

Elektroherd auf 200°C vorheizen.

Eine Auflaufform vorbereiten, den Boden mit Tomaten- oder Zigeunersoße (aus dem Glas) bedecken. Röllchen darauf verteilen, mit
3 dl trockenen Sherry beträufeln und mit
50-60g Butterflöckchen belegen.

Im heißen Ofen etwa 20-25 Min. garen. Dazu schmeckt Reis und ein grüner Salat oder man serviert die Fischröllchen mit frischem Stangenbrot.

Eierspeisen

Das weiß ein jeder, wer's auch sei,
Gesund und stärkend ist das Ei —
Nicht nur in allerlei Gebäck,
Wo es bescheiden im Versteck,
Nicht nur in Soßen ist's beliebt,
Weil es denselben Rundung gibt,
Nicht eben dieserhalben nur —
Nein, auch in leiblicher Statur,
Gerechtermaßen abgesotten,
Zu Pellkartoffeln, Butterbroten,
Erregt dasselbe fast bei allen
Ein ungeteiltes Wohlgefallen.
Und jeder rückt den Stuhl herbei
Und spricht: „Ich bitte um ein Ei!"

W. Busch

Eier- und Mehlspeisen

Gesundheitlicher Wert des Eies

Wie gesund und stärkend ist das Ei?

Ein normales Hühnerei mit einem Gewicht von 57g, enthält:

- 7 Gramm biologisch hochwertiges Eiweiß
- 6 Gramm Fett
- Kohlenhydrale in Spuren
- Mineralstoffe – im Eidotter sind Calcium, Eisen und Phosphor enthalten. Außerdem ist das Eigelb reich an lebensnotwendigen Spurenelementen.
- Die Vitamine, die sich im Dotter befinden, sind A, D, B_1 und B_2.
- Der Energiewert beträgt 350 KJ oder 83 Kcal.

Von den beiden Bestandteilen des Eies ist der Eidotter mit allen Inhaltstoffen am reichlichsten bedacht.

- Das gesamte Fett des Eies befindet sich im Eigelb. Es ist besonders leicht verdaulich, da es reichlich ungesättigte Fettsäuren, Lecithin und Cholesterin enthäld. Andererseits ist es gerade der Cholesteringehalt des Eigelbs, der manchem vom Verzehr eines Eies abhält. Dabei braucht der Gesunde, der sich abwechslungsreich ernährt, den Cholesteringehalt nicht zu fürchten und nicht auf ein Frühstücksei zu verzichten.

Denn gerade das Cholesterin erfüllt in unserem Körper lebensnotwendige Aufgaben. Diejenigen jedoch, die unter Cholesterin-stoffwechselstörungen leiden, sollten den Eierkonsum stark einschränken.

Verdaulichkeit

Weichgekochte Eier sind leichter als rohe und hartgekochte Eier zu verdauen. Auch Spiegeleier sind schwer verdaulich.

Reduktionskost

Bei der Reduktionskost wird häufig die Aufnahme von hartgekochten Eiern empfohlen. Grund: der Abbau im Körper ist erschwert und findet nur langsam statt. Dadurch kommt es zu einem langanhaltenden Sättigungsgefühl.

Runterbunte Eiertips

Tips zum Lagern

- Frische Eier halten sich im Eierfach des Kühlschranks etwa 14 Tage.
- Eidotter lassen sich aufbewahren, indem man den Dotter vorsichtig mit etwas Wasser bedeckt und mit Folie verschließt.

- Oder man vermischt das Eigelb mit etwas Salz und deckt es zu.

Rohe oder gekochte Eier?

Wenn man ein Ei wie einen Kreisel auf dem Tisch dreht, fangen die rohen Eier an zu taumeln, während sich die gekochten gut drehen lassen.

So lassen sich gekochte Eier besser schälen
Die Eier werden sofort nach dem Kochen in kaltes Wasser gelegt. Oder man klopft das gekochte Ei leicht an, so dass die Schale bricht, löst ein wenig von der Schale ab und schreckt danach die Eier ab.

Hart gekochte Eier werden nicht dunkel, wenn man sie 6 Min. kochen und anschließend 6 Min. in heißem Wasser liegen lässt, danach abschrecken. Das Eigelb bekommt keine dunklen Ränder.

Eigelb zum Legieren nicht in die heiße Flüssigkeit geben, sondern zuerst etwas heiße Suppe ode Soße zum Eigelb geben und damit verrühren, danach erst in die heiße Flüssigkeit rühren.

So lassen sich Eier ausblasen. Mit einem Schraubenzieher lassen sich an den Eienden ganz exakte Löcher drehen. Am stumpfen Ende muss das Loch etwas größer sein. Dann wird der Dotter mit einer langen Nadel durchstochen. Vom spitzen Ende aus blasen.

Verwertung des Eiinneren.
Das ausgepustete Eiinnere lässt sich sehr gut einfrieren.

Am besten friert man das Eigemisch portionsweise ein, z. B. in Joghurtbechern, zum Herstellen von Kuchen, Rührei oder Pfannkuchen. Eingefroren kann die Eimasse bis zu 10 Monaten gelagert werden.

Festgeklebte Eier

Nicht mit Gewalt lösen, sondern die Lage ins Wasser stellen. Dann löst sich das Ei von selbst.

Standfester Eischnee

Wenn beim Trennen der Eier etwas Eigelb ins Eiklar gelangt ist, fügt man etwas Zitronensaft hinzu. Der Eischnee wird standfest.

- Wenn man dem Eiklar 1 Prise Salz oder 1 TL Zitronensaft zufügt, wird das Eiklar schneller steif.
- Auch gut gekühltes Eiklar lässt sich schneller steif schlagen.
- Um Eischnee sehr fest zu bekommen, schlägt man zuerst das Eiklar sehr langsam auf, danach den Handmixer auf eine

schnellere Stufe schalten.
Zucker erst unterschlagen, wenn der Eischnee bereits steht.

- Zucker, Salz und Zitronensäure erhöhen die Festigkeit des Eischnees.
- Auch das Eialter ist für die Standfestigkeit des Eischnees von Bedeutung. Alte Eier, bei denen das Eiklar eine wässrige Beschaffenheit angenommen hat, sind für die Herstellung von Schnee ungeeignet.

Eierspeisen

Gekochte Eier

Eier ins siedende Wasser geben und langsam köcheln lassen.
Weiche Eier ca. 4 Min., harte Eier 8-10 Min; abschrecken und pellen.
Hartgekochte Eier können vielseitig weiter verarbeitet werden.

Pochierte oder verlorene Eier

1 l Wasser mit 1 Tl Salz und 2-3 El Weinessig zum Kochen bringen.
Die Eier einzeln vorsichtig in eine Kelle oder Tasse schlagen, langsam in das siedende Wasser gleiten lassen. Nach 4-5 Min. ist das Eiweiß geronnen und umschließt den Dotter. Vorsichtig mit dem Schaumlöffel herausnehmen.

Eier in warmer Soße

Gekochte oder pochierte Eier werden in einer der nachstehenden Soßen angerichtet.
Kräutersoße,
Kapernsoße,
Pilzsoße,
Tomatensoße,
Senfsoße,
Rahmsoße, siehe
Seite 337 - 342.

Eier in kalter Soße

Für kalte Eierspeisen werden verlorene oder pochierte Eier verwendet, oder es werden hartgekochte Eier halbiert, mit dicker Soße überzogen und mit Kapern, oder feingeschnittenen Kräutern, Lachs oder Schinken bestreut.
Als Soßen eignen sich Salatsoßen, siehe
Seite 44 - 48.
Grüne Kräutersoße, French-Dressing, Schinken-Schnittlauch-Soße, Gorgonzola-Soße, Käsesoße, American-Dressing, aber auch Mayonnaise.

Gefüllte Eier

Die hartgekochten Eier der Länge nach halbieren. Dotter herausnehmen u. durch ein Sieb drücken.

Mit so viel Mayonnaise verrühren, wie das Eigelb aufnehmen kann, ohne die Spritzfähigkeit zu verlieren. Die Masse in die Öffnungen spritzen. Geschmacklich kann die Eigelbcreme durch Hinzugabe von
geriebenem Käse, Currypuder, Tomatenmark, Senf, Tomatenmark, Sardellenpaste verändert werden. Als Garnierung passen Tomaten und Petersilie.

Statt der Füllung können die hartgekochten, halbierten Eier eine Auflage erhalten, z. B.:

- Schinken- oder Lachsröllchen mit Dillwedel,
- Roastbeefröllchen mit Mayonnaise gefüllt,
- mit Tomaten- oder Olivenscheiben belegt,
- mit Kaviar garniert. Dazu kann eine Salatsoße serviert werden. Siehe Seite 44-48.

Eierfrikassee mit Gemüse

1 Rezept helle Grundsoße, siehe Seite 336, herstellen. Mit Kräutern oder Käse abschmecken, mit Schmand oder Sahne und etwas Weißwein verfeinern.

250g gegartes Gemüse, wie Blumenkohl- oder Brokkoliröschen, Spargelstückchen, Erbsen oder Pilze in die Soße geben.

4 hartgekochte Eier in grobe Würfel schneiden, mit dem Gemüse zur Soße geben u. mischen. Je nach Belieben kann in Würfel geschnittenen gekochten Schinken zugefügt werden.

Omelett

4 Eiklar zu Schnee schlagen.
4 Eigelb 1 EL Milch
1 EL Mehl und Salz, je nach Belieben 2 El Kräuter werden miteinander verrührt und vorsichtig unter den steifen Eischnee gehoben. Das Omelett wird nur einseitig gebacken.

Damit das Omelett gut gelingt

Sie werden besonders locker, wenn das Eiklar mit einer Prise Salz schaumig geschlagen wird.

- Omeletts immer in Butter braten. Die Butter nur eben aufschäumen lassen. Nicht braun werden lassen.

- Den Teig in die Pfanne geben und sofort

zudecken. Bei mittlerer Hitze einseitig garen. Wenn die obere Seite trocken ist, ist das Omelett gar. Vor Zugluft schützen!
· Das Omelett kann auch ohne Deckel im Backofen gegart werden.
Sofort nach dem Backen heiß servieren.

Beim Anrichten wird die eine Hälfte des Omeletts auf die andere geklappt und das Omelett auf eine längliche Schüssel gelegt.

Gefülltes Omelett

Soll das Omelett gefüllt werden, so wird die fertig abgeschmeckte Füllung auf die eine Hälfte des Omeletts gelegt, die andere Hälfte wird über die Füllung geklappt. Füllung mit möglichst wenig Soße zubereiten.

Vorschläge für Füllungen

- 500g Stangenspargel oder 500g Spargelstückchen mit 3-4 Scheiben gewürfeltem Schinken und 1/4l Rahmsoße. Oder
- 1 Kg gedünstete Erbsen;
300g gedünstete Champignons u. 1 EL Petersilie;
Ragout fin.

Rührei

6 Eier, 8-10 EL Milch u. etwas Salz verquirlen.
30g Butter in einer Pfanne heiß werden lassen.
Eiermasse in die Pfanne gießen, leicht am Pfannenboden stocken lassen. Mit einem Küchenfreund strichweise über den Boden der Pfanne ziehen, so dass die Eier grobschollig backen.
Rührei lässt sich auch mit Mehl zubereiten. Auf 3 Eier rechnet man 1 EL Mehl u. 1/8 l Milch oder Mineralwasser.

Abänderungen

100 g Schinken gewürfelt zur Eiermasse geben, mit gehackten Kräutern servieren.

1 kl Dose Spargelstückchen in Butter erhitzen, mit Eiermasse übergießen u. Kräutern servieren.

Pilze statt Spargelstückchen einsetzen.

2 EL Schnittlauchröllchen mit der Eiermasse mischen.

Eierkuchen, Pfannkuchen

Grundrezept für 2 Portionen.

1/4 l Milch, 2 Eigelb und 1/2 TL Salz werden verschlagen und mit
100 g Mehl vermischt. Zur Lockerung des Teiges wird das Eiklar als Schnee kurz vor dem Backen untergehoben.

Der Teig wird in die Pfanne mit heißem Fett gegeben und von beiden Seiten gleichmäßig gebacken.

Falls nur 1 Ei eingesetzt werden soll, erhöht sich die Mehlmenge um 25 g.

Durch die Hinzugabe von 1 gestrichenen TL. Backpulver zum Pfannkuchenteig kann 1 Ei eingespart werden.

Der Pfannkuchenteig wird lockerer, wenn man einen Schuss Bier in den Teig gibt. Oder wenn man den angerührten Teig etwas quellen lässt und die halbe Milchmenge durch Mineralwasser ersetzt.

Anregungen fur Abwandlungen

Von dem Teig können sowohl Pfannkuchen, als auch kleine Plätzchen mit pikanten oder süßen Füllungen abgebacken werden.

Pfannkuchen oder Eierkuchen mit Wurst

- Hierbei werden die Scheiben einer Wurst oder Leberpastete in die heiße Pfanne gelegt und der Teig auf die Wurstscheiben gefüllt.
Oder man gibt zuerst den Teig in die Pfanne und legt die Wurstscheiben darauf. Pfannkuchen von beiden Seiten gleichmäßig backen.

Thunfischpfannkuchen

Zubereitung wie Wurstpfannkuchen.

- Man kann auch 50-100g Wurst, Schinken oder Fischreste feinwürflig schneiden u. zur Teigmasse geben. Mit geh. Kräutern überstreut servieren.
- Dazu passt ein grüner Blattsalat.

Pfannkuchen, delikat und
frisch,
serviere ich an jedem Tisch...

Eierkuchen mit Äpfeln

Den Eierkuchenteig wie gewohnt in die Pfanne geben und dünne Apfelscheiben auf den Teig legen. Von beiden Seiten gleichmäßig braun backen. Die Oberseite wird nach dem Backen mit etwas Zucker bestreut.
Man kann die Apfelscheiben oder je nach Belieben auch andere Früchte, mit Zwiebackbröseln überstreuen.
Der Teig für Obstpfannkuchen darf nicht zu dünnflüssig sein. Man kann auch etwas Eierkuchenteig über das Obst füllen.
Je nach Belieben kann feingeschnittenes Obst mit dem Teig vermischt werden.

Kaiserschmarren

Den Eierkuchenteig vor dem Backen 1-2 Stunden ausquellen lassen.
Das zu Schnee geschlagene Eiklar zuletzt zugeben und den Schmarren im vorgeheizten Ofen im Bräter garen. Danach auseienanderreißen und mit Puderzucker bestäuben.

Karfreitag gibt's im Münsterland,
In Stadt und Land ist das bekannt,
Struwen, süß und knusprigfrisch.
Ja, die bringt man auf den Tisch.
Zudem gibt's noch – welch Hochgenuss.
Ein sehr bekömmlich Apfelmus
Und eine Suppe obendrein,
Nach altem Brauch, mit Bier, mit Wein.
Bei so 'nem mittäglichem Schmaus
Hält man Karfreitagsfasten aus.

Struwen

Hefeplätzchen oder Pütterchen

500g Mehl, 3/8 l Milch
40g Hefe, 1-2 EL Zucker
2 Eier, etw. Salz. Alle Zutaten zu einem Eierkuchenteig verschlagen.
3/4 - 1 Stunde aufgehen lassen.
125g gewaschene Rosinen zufügen.
Von dem Teig in der Pfanne runde Plätzchen von beiden Seiten gleichmäßig backen.

Allerlei aus der Friteuse

Heute morgen früh um sieben
Rief schon an, die Tante Liese.
Sie möchte uns gern' wiederseh'n,
Am Mittag würd' sie vor uns steh'n.
Nun heißt es, gut zu überlegen,
Was schnell geht und Tanten mögen.
Helene holt, fast schon nervöse,
Schnell die neue Fettfriteuse.
Das gute Tantchen – Helene weiß,
Fritiertes liebt sie innig heiß.
Drum legt sie los, ganz ohne Fehl,
Holt sie 'nen großen Löffel Mehl,
Die nöt'ge Milch, dazu 3 Eier,
Ja 4 sogar, wenn sie nicht teuer.

Quirlt sie sodann zu Eierteigen,
Taucht ein Sellerie- und Apfelscheiben.
Auch Pfirsichhälften und Bananen,
Werden ummantelt mit Panaden.
Hinein ins heiße Fett sodann,
Es klappt so gut, wie's klappen kann.
Zum Kaffee gibt's, s'ist nicht zu fett –
Eberswalder Spritzgebäck.
Dazu noch die Berliner Ballen –
Auch heiß geliebt hier bei uns allen.
Schon geht es nun auf Mittag zu.
Gebrötschelt wird ohn' Rast und Ruh.
Noch müssen in das Fettbad 'rein,
Die Pommes und Krokellen klein.
Auch die Schnitzel liegen da,
Rein ins Fett, damit sie gar.
Zwölf schlägt's grad', die Uhr schlägt hell.
Tante Lies steht auf der Schwell'.
Und in seliger Erwartung
Folgt nun wortreich die Umarmung.
Und beim Mahl spricht sie vergnüglich:
Das Essen ist bei Euch vorzüglich.
Ganz behaglich nickt sie ein —
Wie schön ist's doch, ein Gast zu sein!

Wissenswertes um die Friteuse

Fritieren ist Garen in heißem Fett bei Temperaturen zwischen 180 - 200°C.

Fette

- Plattenfette einsetzen! Sie besitzen einen hohen Qualmpunkt.
- Nicht verschiedene Fette mischen! Sie beschleunigen den Fettverderb.
- Nicht frisches mit gebrauchtem Fett mischen! Es erfolgt keine Auffrischung, sondern das Fett verdirbt schneller.
- Fett nicht zu oft einsetzen! Höchstens 5 mal. Die Häufigkeit ist von der Dauer der jeweiligen Erhitzung abhängig.
- Tiefgefrorenes oder stark gekühltes Fritiergut erst ein- bis zweimal kurz in das heiße Fett eintauchen und dann ganz einlegen.
- Fett, das nur 1- 2 mal kurz benutzt wurde, kann für Braten u. Schmoren weiter verwendet werden.

Reinigung

- Das Fritierfett sollte nach jedem Gebrauch über ein Sieb geschüttet werden! Speisereste beschleunigen den Fettverderb.

Unfallgefahr

Brennendes Fett nie mit Wasser löschen! Fett, auch brennendes, ist leichter als Wasser und schwimmt auf dem Wasser. Immer mit einem Deckel die Flammen ersticken!

Garvorgang

- Nicht zu viele Speisen auf einmal ins Fettbad geben! Es kann leicht überschäumen.
- Fett langsam erhitzen, schnelles Erhitzen beschleunigt den Verderb.
- Bei richtigen Temperaturen erfolgt ein gleichmäßiges Bräunen und Garen. Bei zu niedrigen Temperaturen saugt sich das Gargut mit Fett voll; bei zu hohen bleibt das Gargut von innen roh, während es von außen gar aussieht.
- Bei wasserhaltigen Speisen besteht die Gefahr des Überschäumens. Nur kleine Mengen fritieren, nach dem Eintauchen das Sieb kurz hochheben.

Bei Nahrungsmitteln, die vor dem Fritieren mit Panade oder Eierkuchenteig umhüllt werden, treten weniger Inhaltsstoffe aus, der Anteil an Röststoffen erhöht sich und damit auch der Geschmack

Geeignete Nahrungsmittel:

Flache Fleisch- und Fischstücke, Obs und Gemüse, Kartoffelprodukte, Teige.

Wichtig !!!

Fett hat sehr hohe Temperaturen. Nie eine Friteuse mit heißem Fett transportieren!

Leckeres aus der Friteuse

Fritierte Früchte und Gemüse schmecken nicht nur gut, sondern sind auch ideal zum Garnieren von warmen Fleischspeisen.
Ein Menü bekommt durch fritiertes Obst oder Gemüse geradezu einen festlichen Charakter.

Ausbackteig I

150g Mehl, 10 EL Milch, 10 EL Wasser, 1 TL Öl, 2 Eigelb und 1 Pr. Salz miteinander verrühren.

Ausbackteig II

80g Mehl, 2 Eier, 1/4 l helles Bier, 1 TL Öl, 1 Pr. Salz miteinander verrühren.

Ausbackteig III

125g Mehl, 10 EL Wein, 1 TL. Zucker, 1 TL Öl, 1 Ei, 1 Pr. Salz mischen.
Dieser Ausbackteig eignet sich für fritierte Früchte, die süß gereicht werden sollen. Das fertige Gebäck mit Puderzucker bestäuben.

Zubereitung von Gemüse

Sellerie kochen, schälen, in 1cm dicke Scheiben schneiden.
Gemüsezwiebel in grobe Ringe schneiden.
Blumenkohl nicht zu weich kochen, größere Röschen abtrennen.
Das vorbereitete Gemüse in den Ausbackteig tauchen u. im Fettbad kurz backen.

Schusterjunge

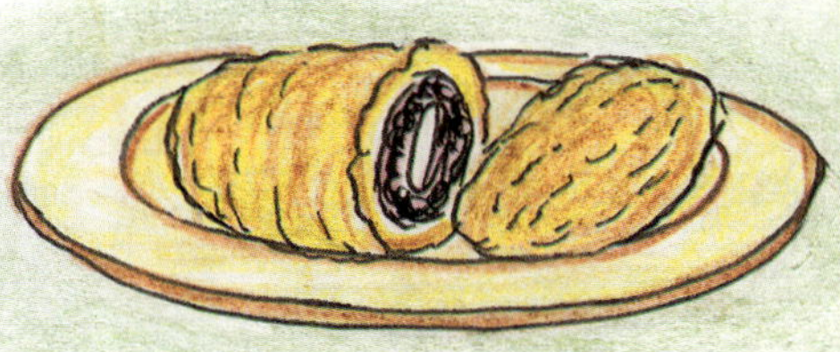

8 Kurpflaumen, den Kern entfernen und durch
1 Mandel ersetzen.
Ausbackteig III zubereiten.
Jede Pflaume in den Teig tauchen, dann fritieren.
Auf Küchenpapier abtropfen lassen, mit Puderzucker und Zimt bestäuben. Nach Belieben mit hochprozentigem Alkohol beträufeln und brennend servieren.

Fritierte Ananasringe

4 Ananasscheiben mit Küchenkrep abtupfen, dann nacheinander in Mehl,
1 verschlagenem Ei und in
40g Mandelblättchen wenden.
2 - 3 Minuten fritieren.
Auf einem Teller anrichten, 1 Kugel Vanilleeis daraufsetzen und mit Himbeersoße übergießen.

Pfirsiche mit Kirschen

Die Zubereitung siehe Ananasringe. Statt Mandelblättchen Kokosraspeln einsetzen. Mit Kirschen garnieren.

Leckerbissen aus der Bratfolie

Damit's ein Leckerbissen wird, muß folgendes beachtet werden:

- Stets das Bratgut fertig gewürzt in die Bratfolie legen!
- Großzügig verpacken! Das Bratgut darf nicht in die Folie gepreßt werden.
- Beim Bratschlauch müssen pro Seite 20cm für den Verschluß gerechnet werden.
- Je größer der Bratschlauch, desto intensiver die Bräunung.
- Ist das Gargut trocken, muß die Folie von innen naß gemacht werden oder man gibt 1 EL Wasser hinzu.
- Gut verschließen!
- Die Folie vor dem Garen einstechen,

so kann der Überdruck, der beim Garen durch Dampf entsteht, entweichen.

- Die Bratfolie ist nur bis 220°C hitzebeständig, darum muß sie immer auf den kalten Rost gelegt werden, sonst schmilzt sie!
  Die Folie darf die Backofenwandungen nicht berühren. Sie schmilzt!
- Den gefüllten Bratschlauch in den vorgeheizten Backofen geben.
- Will man Hackbraten in die Folie legen, spült man ein Holzbrettchen mit Wasser ab, legt den Hackbraten darauf und läßt ihn in die Folie gleiten.

Zum Garen in Folie eignen sich

Alle Fleischarten – feste Braten vom Rind, Schwein, Hammel,
Hackbraten, Geflügel, Wild.
Fisch, aber auch zartes und festes Gemüse

Vorteile

- Ohne Wartung während des Garens,
- Garen im eigenen Fett,
- weitmögliche Erhaltung der Inhaltstoffe,
- Bildung von Röststoffen
- kein Bratgeruch
- sauberer Backofen,
- weniger Spülaufwand.

Nachteile

- Es entstehen unnötige Energiekosten, da der Backofen nicht voll ausgenützt wird.
- Einmaliges Benutzen der Bratfolie bedeutet hohe Kosten.
- Es entsteht kein typischer Bratensud für die Soße.

Herstellung einer Soße

Nach dem Garprozeß nimmt man den Beutel mit dem Bratgut aus dem Backofen, schneidet mit der Schere eine Ecke ab und läßt den Bratensaft in einen Soßentopf laufen. Der Fleischsaft wird mit Wasser auf die gewünschte Soßenmenge aufgefüllt und mit angerührtem Mehl oder Stärkemehl gebunden. Soße etwas köcheln lassen und mit Salz, Pfeffer, Paprika und mit saurer Sahne abgeschmeckt.

Einfrieren

Das Gargut im verschlossenen Beutel abkühlen lassen. Danach mit der Einstichstelle nach oben in einen Gefrierbeutel geben und einfrieren.
Vor dem Verzehr wieder im Bratbeutel erhitzen.

Garen im Dampfdrucktopf

Die Temperatur kann in einem normalen Topf höchstens bis zum Siedepunkt des Wassers ansteigen, also bis 100°C.
Im Dampfdrucktopf erreicht man dagegen durch den hermetisch verschlossenen Deckel Temperaturen, die zwischen 110° - 120°C liegen.
Durch ein Ventil lässt sich der Druck mittels Stufenschaltung regulieren. Der entstehende Überdruck lässt die Temperaturen im Dampfdrucktopf bis auf 123°C ansteigen.
Beim Garen gilt grundsätzlich, je feiner und zarter das Gemüse, desto stärker muß der Druck verringert werden.

Vorteile beim Garen im Dampfdrucktopf

- Durch die höhere Temperatur verkürzt sich die Garzeit.

Dies bedeutet für Eilige eine willkommene Zeiteinsparung. Die durchschnittliche Verminderung der Garzeit liegt bei etwa 40%.

- Der Energieverbrauch wird beim Druckgaren, durch die Vermeidung von Wärmeverlusten und durch den insgesamt kürzeren Garprozeß, je nach Lebensmittel um 20 - 60% reduziert.
- Je länger die natürliche Garzeit, desto lohnender ist der Dampfdrucktopf einzusetzen.
- Es entsteht beim Garen kein Küchendunst.
- Das Ansetzen der Speisen wird vermieden.
- Aromastoffe bleiben erhalten.

Die Erhaltung der Nährstoffe

Die Nährstofferhaltung beim Druckgaren im Vergleich zum Dämpfen im Normaltopf wird meist überbewertet.
Die öffentlich angegebenen Aussagen beziehen sich oder besser beschränken sich auf die Vitamine C und B_1.
Bei den anderen wasserlöslichen und hitzeempfindlichen Vitaminen und Mineralstoffen ist entweder eine gleich hohe oder gleich geringe Verlustquote zu erwarten.

Erfahrungswerte

Da das Überprüfen des Gargutes während des Kochprozesses nicht wie bei einem anderen Topf möglich ist, muss man sich durch Erfahrung und Gewohnheit die neuen Garzeiten einprägen. Die Speisen sollen gar, jedoch nicht übergar sein.

Das Arbeiten mit dem Dampfdrucktopf ist eine Gewöhnungssache.

Arbeitsweise

- Den Deckel vorschriftsmäßig schließen.
- Auf Stufe O stark und schnell ankochen, bis der Dampf austritt. Der Topf ist damit entlüftet. Das Aroma kann erhalten bleiben.
- Gewünschte Stufe einstellen, je kleiner die Stufe, desto niedriger ist der Druck.
- Nach Erscheinen des gewünschten Ringes beginnt die Garzeit.
- Die Energiezufuhr muß gedrosselt werden.
- Nach dem Garprozeß nicht mit Gewalt öffnen !!!
- Bei einige Fabrikaten kann man durch Zurückschieben des Kochreglers abdampfen und dadurch den Druck verringern.
- Zum Abkühlen und damit zur Druckverminderung kann man auch kaltes Wasser über den Topfdeckel laufen lassen.
- Das Wasser darf nicht in das Ventil laufen, da dann die Verriegelung auch beim Abgedampften Topf nicht mehr zu öffnen ist.

Soßen,

fein wie ein Gedicht
adeln jedes Hauptgericht.
Und die kleinen Raffinessen,
geben Appetit zum Essen.

Soßen

die Krönung der Kochkunst

Die helle Grundtunke

und ihre Abänderungen

Verwendungsmöglichkeiten:

- gekochtes Fleisch, Hackfleischgerichte,
- Fischgerichte, · pochierte Eier
- Gemüse und Aufläufe. Eier- und Käsesoßen eignen sich besonders gut für Blumenkohl, Lauch, Brokkoli, Spargel, Kohlrabi und Schwarzwurzeln.

Die helle Grundsoße

30 g Butter in einem Topf erhitzen,
1 gehackte Zwiebel darin goldgelb dünsten,
30 g Mehl auf einmal einrühren u. anschwitzen.
1/2 l Brühe oder Milch unter Rühren zufügen.
Die Soße ca. 5 Minuten langsam köcheln lassen. Mit Geschmack gebenden Zutaten würzen.

Um eine Klümpchenbildung zu vermeiden, füllt man heiße Mehlschwitzen mit kaltem Fond (Brühe, Gemüsewasser, Milch), kalte mit warmem Fond auf.

Verfeinerte helle Grundsoße

Aus 50g Butter, 30g Mehl, 1/4l Gemüsebrühe und 1/4l Sahne eine helle Grundsoße herstellen. Mit Salz, Pfeffer, Weißwein oder Zitronensaft und evtl. mit Kräutercrème fraiche abschmecken. Mit 2 Eigelb legieren.

Halbfertigprodukt „Helle Soße Holländische Art"

Soßenpulver in 1/4l Sahne einrühren. Aufkochen und 50g Butter unter Rühren darin schmelzen lassen. Abschmecken und Verfeinern siehe oben.

Käsesoße

2 Eckchen Kräuterkäse oder 120g geriebenen Emmentaler Käse in 1/2l helle Grundsoße schmelzen lassen. Die Soße kann mit Sahne verfeinert werden. Sie passt zu Fisch-, Eier-, Gemüsegerichten und eignet sich zum Überkrusten u. Anmachen von Soßenkartoffeln.

Kräutersoße

Die fertige Grundsoße mit
Salz, Pfeffer und Zitronensaft abschmecken.
3 EL Kräuter unter die Soße ziehen und mit
Sahne verfeinern. Verwendung s. Käsesoße.

Bechamelsoße

Für die helle Grundsoße statt Butter 60 g Räucherspeck einsetzen. Mit Brühe u. Milch auffüllen. Mit Pfeffer, Thymian, Salz und Lorbeerblatt würzen. Schmeckt besonders gut zu Pellkartoffeln mit Hering u. warmen Salatböhnchen.

Currysoße

Die Mehlschwitze mit 3/8 l Bühe auffüllen. Mit 1/8 l Weißwein und reichlich Curry abschmecken. 1 Eigelb mit 4 EL Sahne verrühen u. zufügen. Passt zu Reis, Fisch, Geflügel u. Eiergerichten.

Eiersoße

Die Mehlschwitze mit ½ l Milch auffüllen, 2-4 hartgekochte Eier halbieren, Eigelb durch ein Sieb drücken u. mit der Soße verschlagen, Eiweiß fein gewürfelt unterheben. Mit Salz, Sahne, Pfeffer u. Senf pikant abschmecken. Passt zu Eierspeisen, Gemüse u. Kartoffelscheiben.

Kapernsoße

1 Eigelb mit 2 EL Weißwein u. 2 EL Sahne verrühren u. unter die Grundsoße ziehen. Nicht mehr kochen lassen. Passt zu Kalbfleisch, Königsberger Klops u. zu Eiergerichten.

Frikasseesoße

Die Mehlschwitze mit Brühe auffüllen. Mit 1 EL Zitronensaft, 2 EL Weißwein und 1 Pr. Zucker würzen. Nach Belieben gedünstete Champignons zufügen. Mit 1 Eigelb legieren. Passt zu Kalbfleisch-, Hühner- u. Eierfrikassee.

Senfsoße

Die Mehlschwitze mit Brühe auffüllen, mit reichlich Senf, Sahne u. Sherry abschmecken, mit Eigelb legieren. Passt zu Eiern, Fisch u. gek. Fleisch.

Pilzsoßen

Pilzsoße - Abänderung der hellen Grundsoße

Die Mehlschwitze mit Brühe (Instant) auffüllen.
1 kleine Dose Pilze abtropfen lassen, in Scheiben schneiden, zusammen mit
1 gehackten Zwiebel in Butter dünsten, zur Soße geben, mit Suppenwürze abschmecken.
Mit Sahne verfeinern u. mit Petersilie überstreuen.

Pilzsoße - mit einem Halbfertigprodukt

200 g in Scheiben geschnittene Pilze und
1 gehackte Zwiebel in
30 g Butter dünsten, mit 1/2 l Brühe auffüllen.
2-1 Schächtelchen „Jägersoße" lt. Gebrauchsanleitung zugeben. Mit
3 El Schmand, Crème fraiche oder Sahne verfeinern, mit Petersilie bestreuen.

Passt zu Wild, Rindfleisch, Schnitzel, Brühreis, Makkaroni und Eiergerichten. Die Soße kann mit etwas Rotwein verfeinert werden.

Tomatensoße

Die helle Grundtunke mit gehackten Zwiebeln und Brühe zubereiten. Mit Salz, Pfeffer, reichlich Tomatenmark, Kräutern und Parmesan abschmecken, mit Petersilie überstreuen.
Je nach Belieben können zerkl. Gewürzgürkchen zugefügt werden. Besonders feurig wird die Tomatensoße durch Chilischoten. Sie paßt zu Fleisch-, Fisch- Eierspeisen, besonders gut zu Hackfleischgerichten u. Teigwaren.

Zigeunersoße

1 feingehackte dicke Zwiebel,
2-3 Paprikaschoten in feine Streifen schneiden, in
30 g Butter dünsten, mit Brühe auffüllen.
2 Schächtelchen „Zigeuner- oder Tomatensoße" u. Packungsanleitung zugeben. Mit Salz, Paprika u. Tabasco abschmecken. Statt frischer Paprikaschoten können geschnittene aus dem Glas eingesetzt werden. Passt zu Schnitzel, Hackfleisch, Nudeln.

Zwiebelsoße

3 feingewürfelte Zwiebeln in 30g Butter und
1/2 Tl Zucker goldgelb dünsten, mit
40 g Mehl anschwitzen. Mit
1/2 l gut abgeschmeckter Rindfleischbrühe auffüllen, mit Zitronensaft, Essig u. evtl. mit etwas Zucker abschmecken, mit
1-2 Eigelb legieren. Harmoniert besonders gut mit gekochtem Rindfleisch und Geflügel.

Meerrettichsoße

2 El geriebenen Meerrettich mit 3 El Schmand verrühren und mit der fertigen hellen Grundsoße mischen. Mit 1 Pr. Zucker u. etwas Zitronensaft abschmecken. Passt zu Rindfleisch, Sülze, Eiergerichten.

Rahmsoße

Die helle Grundtunke wird mit 3 El Crème fraîche oder Schmand verfeinert. Siehe „Verfeinerte helle Grundsoße" Seite 337.

Weißweinsoße

Die helle Mehlschwitze mit 1/8 l Fond und 1/4 l Weißwein auffüllen. 100 ml Crème fraîche unter die fertige Soße rühren.
Passt zu hellem Fleisch und Zunge.

Portweinsoße

200 ml Fleischbrühe, 200 ml roter Portwein, mit
150 ml süßer Sahne mischen und etwas einkochen lassen.
1 gehäuften TL dunklen Soßenbinder einrühren, nochmals aufkochen lassen.
20 g kalte Butter in Flöckchen darunter schlagen. Mit Salz u. Pfeffer abschmecken.
Passt zu Rinderzunge, Rinderschmorbraten, Rouladen.

Rotwein, der für Soßen verwendet wird, stets etwas einkochen lassen, damit der Alkohol verflüchtigen kann. Die Soße kann sonst den Geschmack von Glühwein annehmen.

Süße Soßen

Aprikosen Soße

Sie schmeckt zu Cremespeisen, Grießflammerie, Reisspeisen und süßen Aufläufen.

1/2 l Aprikosensaft
20 g Stärkemehl, Zucker nach Geschmack.
Den gesüßten Aprikosensaft erhitzen, angerührtes Stärkemehl hinzugeben, mit dem Schneebesen rühren, bis die Masse aufkocht.
4 Aprikosen zerquetschen und zum Schluss hinzufügen.

Feine Vanillesoße

1/2 l Milch in einen Topf füllen, Mark
1 Vanilleschote o. 1 Tütchen Vanillinzucker
2-3 Eigelb, 60 g Zucker und
1 gehäuften TL Speisestärke (10-15g) hinzufügen und auf dem Herd bei mäßiger Hitze mit dem Schneebesen bis zum Kochen schlagen. Während des Erkaltens hin und wieder rühren, damit sich keine Haut bildet. Zum Schluss
1 Gläschen Eierlikör darunter ziehen.
Wenn Kinder mitessen, verzichtet man natürlich auf die Zugabe von Likör.

Weinschaumsoße

2 Eier, 1 TL Mondamin, 1/4 l Wein, 2 El Zitronensaft
65 g Zucker. Alle Zutaten kalt verquirlen. Bei schwacher Hitze solange schlagen, bis die Masse cremig wird. Einmal aufkochen lassen. Während des Erkaltens hin und wieder umrühren.

Schokoladensoße

200 g	Blockschokolade zerkleinern, mit
3 EL	Zucker und
1 EL	Rum in ein Töpfchen geben und im Wasserbad anschmelzen lassen.
1/4 l	Sahne unter Rühren mit dem Schneebesen hinzufügen, weiter langsam erhitzen aber nicht kochen.

Schmeckt zu Eis, feinen Sahne-Crepes, Sahne-Waffeln und zu süßen Omeletts.

Kiwisoße

Sie schmeckt zu Bratäpfeln, Eis, aber auch zu Wildgerichten aller Art.

3 -. 4	Kiwis grob würfeln
3 EL	Wein oder Apfelsaft und
1 Pr	Zimt im Mixer kurz zu Püree verarbeiten. Je nach Geschmack Zucker zugeben.

Avocadoschaum

harmoniert mit Bratäpfeln.

200 g Doppelrahmfrischkäse mit
1-2 EL Milch im Mixer schaumig schlagen.
1 Avocado längs halbieren, den Kern entfernen, das Fruchtfleisch aus der Schale heben und in den laufenden Mixer geben. Mit
2 Gläschen Orangenlikör, 1 P. Vanillezucker u.
4 EL Zucker abschmecken. Separat zu den heißen Bratäpfeln servieren.

Statt mit Orangenlikör kann mit Zitronensaft abgeschmeckt werden.

Apfelsoße mit Sahne

½ Glas Apfelgelee unter Wärmezufuhr verflüssigen, mit
½ Glas Madeira (Süßwein) und
3 EL Apfelkompott vermischen.
1/4 l Sahne leicht schlagen u. mit der Masse verrühren.

Passt zu Obstschalen, feinen Reisspeisen, Omeletts.

Süße Speisen

sind Gedichte
aus der Küchenkunst-
geschichte
mal erhitzt, mal kaltgestellt,
grad' wie man's für rich-
tig hält ...

Süßspeisen

Stärke

Bindemittel für viele Süßspeisen

Stärke ist ein reiner Kohlenhydratträger. Sie enthält keine Vitamine und Mineralstoffe. Da Stärke nur ein Energieträger ist, bezeichnet man sie auch als leeres Kohlenhydrat.

Stärke ist geruchs- und geschmacksneutral. Sie besitzt darum eine vielseitige Verwendungsmöglichkeit.

Stärke bildet bei direktem Kontakt mit heißem Wasser Klümpchen. Darum – Stärke immer mit kaltem Wasser anrühren, angerührte Stärke in die kochende Flüssigkeit geben. Bei einer Temperatur von 60-70°C verkleistert die Stärke. Die gebundene Speise hat eine kurze Garzeit

Getreide- und Kartoffelstärke besitzen unterschiedliche Bindefähigkeiten. Nach dem Kochprozeß ist die Kartoffelstärke zunächst steifer als die Getreidestärke. Diese quillt aber beim Erkalten nach. Das muss beim Binden von Cremespeisen, Soßen und Suppen berücksichtigt werden.

Stärke gebundene Speisen können wieder flüssig werden. Es erfolgt ein Abbau von Stärke zu Dextrin. Dextrin besitzt keine Bindefähigkeit.

Grieß

kann sofort in die kochende Flüssigkeit eingestreut werden. Die Garzeit ist verlängert und dauert ca. 8 Minuten. Je grober das Bindemittel, desto länger die Garzeit.

Teigwaren

Nudeln in kochendes Wasser geben, damit die Randschichten verkleistern und die Form erhalten bleibt.

Instantmehle, fixe Soßenbinder und Cremespeisen - auf kaltem Wege zubereitet,

die im Handel angeboten werden, sind Stärkeprodukte, die bereits gegart wurden. Diese aufgeschlossene Stärke quillt in heißer oder kalter Flüssigkeit.
Lässt man sie länger als 24 Stunden stehen, kann die Stärke wieder entquellen – die Speise wird dann flüssig.

Bei einer Klümpchenbildung

die Stärkemasse durch ein Sieb gießen.

Gekochte Creme

- 1/2 l Milch – austauschbar durch andere Flüssigkeiten.
- 30 g Zucker, bei gesüßten Flüssigkeiten nach Geschmack
- 1 Pr Salz als Geschmackszutat
- 30 g Puddingpulver oder Speisestärke als Bindemittel (2 gestrichene Eßlöffel).
- 1 Eigelb gibt Farbe, Geschmack u. Energie.
- 1 Eischnee als Lockerungsmittel.

Zubereitung

- Puddingpulver, Eigelb mit etwas kalter Milch gut verrühren. Restliche Milch, Salz u. Zucker in einen Topf geben und aufkochen lassen.
- Angerührtes Stärkemehl unter ständigem Rühren in die kochende Flüssigkeit geben, 1/2 Min. köcheln lassen. • Eischnee mit einem Schneebesen völlig unter die Creme schlagen.

Karamel - Creme

60 g Zucker in einen Topf geben, langsam erhitzen und flüssig werden lassen, unter Rühren bräunen, bis sich helle Blasen zeigen. Topfdeckel fast ganz auflegen. Durch den Spalt

1/8 l Wasser in einem Guss zugeben. Deckel ganz auflegen und kurz kochen lassen.

3/8 l heiße Milch zugeben. Weitere Zutaten:

30 g Mondamin, 2 Eier. Weiterverarbeitung siehe gekochte Creme. Die ausgekühlte Creme kann mit Schlagsahne verfeinert werden.

Schokoladencreme

Als Flüssigkeit Schokoladenmilch verwenden. Für 1/2 l rechnet man 20-30 g Kakao oder 100 g Schokolade. Zubereitung „Gekochte Creme.

Ostfriesische Teecreme

1/4 l schwarzen Tee aufgießen, mit
50 g Kandiszucker süßen und erkalten lassen.
1/4 l Milch zum Kochen bringen.
30 g Stärkepulver mit
2 Eigelb und dem Tee verrühren und in die kochende Milch geben. Die Creme aufkochen lassen.
2 Erweiß zu Schnee schlagen und mit
1 EL Rum unterziehen. Während des Erkaltens häufiger umrühren.
200 ml Sahne schlagen. Davon die Hälfte unter die Creme ziehen. Von dem Rest Sahnetupfer aufsetzen.
Die Creme kann auch mit kleinen Makrönchen verziert werden.

Schattenmorellen mit Sektcreme

1 Glas Sauerkirschen zum Kochen bringen
2 EL Speisestärke mit etwas Kirswasser anrühren, in die kochende Flüssigkeit einrühren und aufkochen lassen. In Gläser oder in eine Schüssel füllen. Auskühlen lassen.
1 Päckchen Zitronencreme, (je nach Belieben Halbfertigprodukt einsetzen). Mit
1/4 l Sekt,
1 Ei, Zucker nach Geschmack zubereiten Sie Gebrauchsanweisung der Packung. Zum Schluss
1/4 l geschlagene Sahne unterziehen und über die Kirschen füllen.

Das gleiche Rezept kann mit fast allen Beeren - und Steinobstarten zubereitet werden

Abgeschlagene Vanillecreme Grundrezept

1 - 3 Eier, 50g Zucker
20 g Stärkemehl oder Puddingpulver
1/2 l Milch, 1 Tütchen Vanillezucker
1 Pr Salz,
wahlweise
10 g Butter, 1/4 l Schlagsahne.

Bei der abgeschlagenen Creme ist im Vergleich zur gekochten Vanillecreme die Eimenge erhöht und die Stärkemehlmenge verringert. Die Creme wird aus diesem Grund lockerer und schmeckt feiner.

Zubereitung:

- Eigelb und Zucker schaumig rühren.

- Milch, Puddingpulver, Salz, Vanillezucker und Butter zufügen.
- Die Creme im Wasserbad oder bei mäßiger Wärmezufuhr schlagen, bis sie dicklich wird, ganz kurz aufkochen lassen. Vorsicht, das Eigelb gerinnt leicht!
- Zuletzt mischt man den Eischnee unter die heiße Creme.

Zubereitung mit Schlagsahne

- Ganze Eier mit den angegebenen Zutaten schaumig rühren. Im Wasserbad oder auf dem Herd abschlagen. Kurz aufkochen lassen.
- Unter wiederholtem Umrühren erkalten lassen.
- Schlagsahne unterheben.

Abänderungen der gekochten und der abgeschlagenen Vanillecreme durch ergänzende Zutaten

Milch kann mit folgenden Zutaten abgeschmeckt werden: Rum, Mokka, Nuss, Schokolade, Karamel. Die Creme wird nach den geschmackgebenden Zutaten benannt.

Fruchtcreme: Statt Milch Fruchtsaft einsetzen.

Tutti - Frutti: Zerkleinertes Gebäck in die Schüssel geben, mit Rum beträufeln, mit frischem Beerenobst oder mit Obst aus der Konserve bedecken und die heiße Creme auffüllen.

Vanillecreme mit Fruchtschaum

2 Eiklar schlagen, nach und nach 4 EL Zucker zugeben und verschlagen, löffelweise Kompott zugeben u. schlagen bis die Masse schaumig ist. Fruchtschaum auf die erkaltete Vanillecreme geben.

Welfencreme

Aus 1/2 l Milch, 30g Zucker, 1 P. Vanillezucker, 1 Pr. Salz, 30g Mondamin und 3 Eischnee eine weiße Vanillecreme kochen.
Man füllt die Creme in eine Glasschüssel und läßt sie erkalten.

Weinschaumsoße

3 Eigelb, 4 EL Zucker, Saft 1 Zitrone
1/8 l Wasser, 1/8 l Wein, 1 1/2 TL Mondamin.
Die Zutaten werden kalt miteinander verquirlt und zu einer dicklichen Soße abgeschlagen. Siehe Zubereitung. „Abgeschlagene Creme".
Die gelbliche Weinschaumsoße wird auf die weiße Vanillecreme gefüllt und mit Sahne oder Makrönchen verziert.

Flammeri

Er unterscheidet sich von der gekochten Creme lediglich durch die Menge des Bindemittels. Während man bei Cremespeisen auf ½ l Flüssigkeit 25-30 g Stärkemehl rechnet, sind es beim Flammeri 50 g.

Grundrezept für Stärkeflammeri

½ l Milch, ½ Stange Zimt, 1 Pr. Salz, 30 g Zucker, 50 g Stärkemehl o. Puddingpulver, 1-2 Eier.
Zubereitung siehe gekochte Creme.
Durch den höheren Anteil des Bindemittels wird die Speise so fest, dass sie sich nach dem Erkalten stürzen lässt. Man füllt den Flammeri in eine mit kaltem Wasser ausgespülte Form. Nach dem Erkalten kann er gestürzt werden. Dazu schmeckt eine Frucht- oder Schokoladensoße.

Schokoladenflammeri

mit Mandellikörsahne

2 Blatt weiße Gelatine einweichen.
30g Speisestärke mit
5 El Milch verrühren.
1/4 l Milch, 3 El Zucker und
1 Tütchen Vanillezucker zum Kochen bringen.
60g Zartbitter-Schokolade zerbröckeln, zur Milch geben und darin auflösen. Schokoladenmilch aufkochen lassen und angerührte Speisestärke einrühren, nochmals kurz aufkochen lassen. Von der Herdplatte nehmen und mit
2 Eigelb legieren.
Aufgelöste Gelatine unterrühren.
3 El Mandellikör zufügen, unterrühren, und die Masse in eine kalt ausgespülte Schüssel geben. Vollständig auskühlen lassen und auf eine Platte stürzen. Ca.
200ml Sahne halbsteif schlagen, mit Vanille und Mandellikör abschmecken. Den Flammeri mit der Sahne umgießen und mit Pistazien bestreuen.

Grießflammeri

1/2 l Milch, 30 g Zucker, 1 Päckche Vanillezucker,
1 Pr Salz zum Kochen bringen.
60 g Grieß in die kochende Milch einrühren. In 10 Min. gar ziehen lassen.
1-2 Eiweiß zu Schnee schlagen.
1-2 Eigelb mit etwas Grießbrei verrühren und unter Rühren zum Flammeri geben. Eischnee unterrühren. Flammerimasse in eine kalt ausgespülte Form füllen. Kalt stellen. Vor dem Serieren stürzen. Dazu schmeckt Kompott, Obstsoße, Saft, Rumtopf.

Fruchtflammeri - Rote Grütze

1/4 l Johannisbeersaft, 1/4 l Himbeersaft, Zucker,
65 g Grieß oder 30 g Sago und 20 g Kartoffelstärke,
1 Ei.

Zubereitung wie Grieß- oder Sagoflammeri.
Dazu kann eine Vanillesoße, Sahne, Eier- oder Vanillelikör gereicht werden.

Sagoflammeri

1/2 l Milch, 1/4 Stange Zimt, 30 g Zucker und 1 Pr. Salz zum Kochen bringen.
30 g Sago unter Rühren einstreuen und 15 Min. langsam köcheln lassen.
20 g Puddingpulver und
2 Eigelb verrühren und in die kochende Flüssigkeit geben. Dann gibt man den steifgeschlagenen Eischnee von
2 Eiweiß hinzu, lässt den Flammeri noch einmal aufkochen und füllt ihn in eine vorbereitete Form.

Dazu schmeckt eine Obsttunke, Kompott, Saft, Rumtopf.

Gelatine - Süßspeisen

Gelatine

Es ist ein Gelierstoff aus tierischen Substanzen. Gelatine hat die Eigenschaft, beim Abkühlen Flüssigkeit zu binden, ohne vorher gegart zu werden.
Damit die Gelatine fein verteilt werden kann, ist ein Quellen in kaltem Wasser und ein Auflösen, Verflüssigen, notwendig.
Gelatine ist in Blatt- und Pulverform im Handel.
Die Einfärbung der Gelatine erfolgt mit Lebensmittelfarben.
Der Energiewert der Gelatine ist sehr gering.

Küchentechnische Hinweise:

1. Die Blattgelatine in reichlich kaltem Wasser quellen lassen. Kennzeichen: weiche Ränder.
2. Blätter unausgedrückt in ein kleines Gefäß geben.
3. Gelatine bei schwacher Hitze auflösen, nicht kochen! Durch Kochen entsteht ein leimartiger Geschmack und die Bindefähigkeit geht verloren.
4. Nicht so stark mit dem Schneebesen rühren; Schaumbildung ist nicht erwünscht.
5. Von der Masse etwas zur heißen Gelatine geben u. verrühren → Temperaturausgleich.
6. Gelatingemisch zur Masse geben und schnell verrühren.
7. Eischnee und Sahne erst dazugeben, wenn die Masse anfängt zu gelieren.

Pulvergelatine lt Anweisung quellen lassen u. auflösen, weitere Verarbeitung ab Punkt 3.

Gelee - Grundrezept

1/2 l Flüssigkeit
6 Blatt Gelatine
Zucker nach Geschmack.

Die Gelatine einweichen. Flüssigkeit abschmecken. Gelatine auflösen, zum Temperaturausgleich etwas Flüssigkeit zur heißen Gelatine geben, einrühren. Je nach Belieben in Gläser füllen, zum Gelieren kalt stellen.

Mit dem Schneeben wenig schlagen, da die Schaumbildung unerwünscht ist.

Weintraubengelee

750 g Weintrauben halbieren, entkernen und in eine kalt ausgespülte Form füllen.
8 Blatt Gelatine einweichen.
1/2 l Obstsaft, Zucker nach Geschmack zugeben,
4-6 El Zitronensaft und
1 Gläschen Rum
zufügen, abschmecken. Gelatine auflösen und wie beschrieben, zugeben. Über die Trauben gießen, kalt stellen, erstarren lassen u. mit Sahne verzieren.

Himbeer - Weingelee

6 Blatt Gelatine einweichen
1/2 l Wein oder 1/4 l Wein u.
1/4 l Apfelsaft mit
50 g Zucker erwärmen.
Die eingeweichte Gelatine zufügen.

1 Paket gefrorene Himbeeren in eine Glasschüssel füllen, mit
2 El Himbeergeist beträufeln

Das noch warme Weingelee darüber füllen und kalt stellen.
Das Weingelee mit Schlagsahne servien.

Abänderung:
Anstatt Himbeeren können Erdberen, Kiwis, Ananas, ein Gemisch aus Mango und Pfirsichen eingesetzt werden.

Qarkgelee

mit Bananen

6 Blatt o. 1 P. Gelatine einweichen.
250g Quark, 100 g Zucker, Saft
½ Zitrone u. ½ l Milch miteinander verschlagen. Gelatine auflösen und zufügen.
2-3 Bananen scheibeln. Wenn die Masse zu stocken beginnt, Bananen unterheben. Je nach Belieben mit
200ml geschlagene Sahne mischen.

Abänderung

Die Bananen können durch andere Früchte wie Birnen, Pfirsiche, Aprikosen, Beeren ausgetauscht werden. Bei sauren Früchten ist der Milchanteil teilweise durch Schlagsahne zu ersetzen. Vorsicht! Keine Kiwis mit Gelatine zusammenbringen. Ihr Enzym löst die Bindefähigkeit der Gelatine auf!

Kaltgerührte Creme

Grundrezept

2 Eigelb und 50g Zucker schaumig rühren. Mit
1/4 l Flüssigkeit und
4 Blatt eingeweichte und aufgelöste Gelatine mischen.
Sollen zusätzlich 200 ml geschlagene Sahne unter die Creme gezogen werden, erhöht sich die Gelatinmenge auf 6 Blatt o. 1 Tütchen gemahlene Gelatine.

Wenn die Creme anfängt zu stocken, verrührt man sie mit dem steifen Eischnee und der steifen Schlagsahne. Die Schlagsahne nicht früher zufügen, da die Creme sonst nicht gleichmäßig locker wird. Sie teilt sich leicht in eine feste Gelatinemasse, die sich unten absetzt und in eine schaumige Masse, die an der Oberfläche bleibt. Die Creme sofort in eine Servierschüssel füllen, kalt stellen und mit Sahne oder Makrönchen verzieren.

Werden 200 - 250 ml Sahne eingesetzt, kann auf die Eizugabe verzichtet werden.

Abänderung der kalt gerührten Creme

Die Flüssigkeit kann je nach Belieben ausgetauscht werden. Benannt wird die Creme nach der geschmackgebenden Zutat.

Vanillecreme - Milch mit Vanille abschmecken.

Krokantcreme - Vanillecreme vor dem Einfüllen mit Krokant vermischen. (30 g geh. Mandeln je 1/4 l Milch).

Schokoladencreme - Schokoladenmilch einsetzen. Die Creme kann mit Rum abgeschmeckt werden.

Karamelcreme - Karamelmilch (Zubereitung siehe 353) einsetzen.

Rumcreme - mit Rummilch zubereiten. Die Creme kann mit zerbröckelten Makronen und gewürfeltem Zitronat vermischt werden.

Mokkacreme - Pulverkaffee mit etwas kochender Flüssigkeit verrühren, zur Milch geben und abschmecken.

Weincreme - mit Weißwein zubereiten und mit Zitronensaft abschmecken.

Fruchtcreme - mit rohen oder konservierten Fruchtsaft zubereiten. Kleingeschnittene Früchte können unter die Creme gerührt werden.

Joghurtcreme - Joghurt mit Rum oder Zitronensaft abschmecken.

Ambrosia-Creme

7 Blatt weiße und
1 Blatt rote Gelatine einweichen.
1/2 l Buttermilch mit dem Saft
1 Zitrone,
2 Orangen und
4 El Zucker verrühren.

Aufgelöste Gelatine unterrühren. Creme kalt stellen. Wenn sie anfängt zu stocken
1/4 l geschlagene Sahne unterziehen.
In eine Servierschüssel füllen.

6 Portionen!

Ananascreme

6 Blatt Gelatine o. 1 Tütchen gemahlene Gelatine einweichen.
3 Eigelb und 80g Zucker schaumig rühren,
1/8 l Ananassaft langsam zufügen,
2 El Zitronensaft und aufgelöste Gelatine unterrühren. Kühl stellen.
Wenn die Speise anfängt zu stocken,
6 in Stückchen geschnittene Ananasscheiben u.
200 ml geschlagene Sahne unter die Creme ziehen.
In Gläser oder in eine Servierschale füllen.
Mit Makrönchen und Ananasstückchen oder mit Sahne verzieren.

Variation:

Anstatt Ananas andere Obstarten einsetzen.
Bei Verwendung von 8 Blatt Gelatine kann die Speise gestürzt werden.

Mangocreme

4 Blatt Gelatine einweichen.
2 reife Mangos oder die halbe Menge durch Pfirsiche ersetzen. Die Haut der Mangos einritzen, die Haut abziehen. Die eine Hälfte de Fruchtfleisches pürieren, den Rest in feine Würfel schneiden.
4 Eigelb mit 80-100g Zucker schaumig rühren, mit dem Fruchtfleisch und mit den Fruchtwürfeln mischen, mit
3 El Weinbrand und 3 EL Zitronensaft abschmecken. Die aufgelöste Gelatine unterrühren. Kalt stellen.
4 Eiweiß mit etwas Zucker zu steifem Schnee schlagen. Wenn die Masse anfängt zu stocken, den Eischnee unterziehen.
Mit schlagsahne und gerösteten Mandeln verzieren. Statt der Eier kann 1 Becher geschlagene Sahne unter die Creme gezogen werden.

Gekochte Creme mit Gelatine zubereitet

Grundrezept – 6 Portionen

6 Blatt Gelatine einweichen.
2 Eigelb mit 60 g Zucker in einem Topf schaumig rühren.
1/2 l Milch, 1 Tütchen Vanillezucker und
1 Pr. Salz zufügen. Die Masse im Wasserbad oder bei mäßiger Hitze schlagen, bis die Masse dicklich ist. Gelatine ausdrücken und hinzufügen. Wenn die erkaltete Creme anfängt zu stocken, gibt man
150 ml geschlage Sahne hinzu. Die Creme wird in einer Glasschüssel angerichtet.

Mokka-Creme

Statt 1/2 l Milch setzt man 3/8 l Milch und 1/8 l starken Kaffee ein. Mit Schlagsahne und Mokkabohnen verzieren.

Obstsalate

Gemischter Obstsalat

3 große Äpfel schälen, vierteln, in feine
Scheibchen oder in Stifte schneiden, sofort mit
4-5 El Zitronensaft beträufeln.
1 kleine Dose Mandarinen.
100 g grüne und
100 g Weintrauben halbieren, entkernen und
zufügen. Mit
50 g gehackten Mandeln mischen.
Vor dem Servieren
3 El Cointreau oder Orangenlikör zugeben.

Mango-Fruchtsalat

2 Mangos, 500 g gemischtes Obst, wahlweise Kiwis, Mandarinen, Ananas, Erdbeeren, Himbeeren, Äpfel, Pfirsiche zerkleinern. Mit Zitrone u. einen „Hauch" Rum abschmecken.

Obstsalat

mit Schaumsoße

500 g Obst – frisch
oder aus der Konserve –
vorbereiten und würfeln. Mit Zucker u. Zitronensaft abschmecken.

Soße:

2 Eier mit 3 - 4 EL Zucker u. 2 Päckchen Vanillezucker schaumig rühren, bis die Masse fast weiß ist.

2 - 3 EL Cointreau und 1/4 l geschl. Sahne unterheben. Die Soße vor dem Servieren über das Obst geben. (Sahne nicht steif schlagen.)

Fruchtsalat Florida

Möglichst frische Früchte einsetzen.

1 Zucker- oder Netz-o. 1/4 Wassermelone, Fruchtfleisch würfeln,
1 kl. Dose Mandarinen, (3 frische Mandarinen)
ca. 1/4 Ananas und 3-4 Pfirsiche in Stückchen schneiden. Mit
Zucker und Zitronensaft abschmecken.

Das Obst mischen und gut gekühlt in eine Servierschale oder in Gläser füllen. Vor dem Servieren mit etwas Eierlikör übergießen und mit gerösteten Kakosraspeln überstreuen.

Wir retten uns aus der Verlegenheit

Scherben bringen Glück, so spricht
Die Dame, die eine Vase zerbricht.
Passiert es dem Mädchen Christine,
So heißt es: Dumme Trine!
(Volksmund)

Tips von A bis Z

Tips und kleine Raffinessen,
sagt man in Essen und in Hessen,
sind wertvoll und nicht zu vergessen,
es sind begehrte . . . .

Erfahrungswerte . . . .

Anhang

Ananas

Frische Ananas verhindert das Gelieren von Gelatine, da es ein Eiweiß spaltendes Ferment enthält. Durch Erhitzen verliert das Enzym seine Wirkung.
Für Fruchtaspik und Obstböden sind darum gekochte Ananas oder stärkehaltige Bindemittel einzusetzen.

Ananasgeschmack

wird durch die Zugabe von Zitronensaft, Rum, Weinbrand oder Cognac intensiver.

Äpfel

Sie bleiben weiß, wenn sie sofort nach dem Schälen in leichtes Zitronenwasser gelegt werden.

- Runzlige Äpfel lassen sich einfacher schälen, wenn sie kurz vorher in vorher in kochend-heißes Wasser getaucht oder mehrere Stunden in kaltes Wasser gelegt werden.
- Äpfel brennen beim Kochen nicht an, wenn sie bei milder Hitze in zugedecktem Topf ohne Rühren garen.

Äpfel,

die auf dem Kuchen nicht weich werden, obwohl der Kuchen bereits gar ist, beträufelt man mit Rum und legt einige Butterflöckchen auf.

Danach deckt man den Kuchen mit Alufolie ab. Die Äpfel sind nach 5 Minuten gar.

Angebranntes

Der Geruch von Angebranntem verschwindet, wenn man auf der Herdplatte etwas Wasser verdampfen lässt.

- Wenn Fleisch angebrannt ist, werden sofort die verbrannten Teile abgeschnitten und das Fleisch noch einmal mit frischem Fett angebraten.
- Milch brennt nicht an, wenn zuvor etwas Wasser im Topf erhitzt oder etwas Zucker in den Topf gestreut wird.
- Töpfe mit angebrannter Milch oder Milchsuppen können erfolgreich mit starkem Salzwasser ausgekocht werden.

Bananen

möglichst nicht im Kühlschrank aufbewahren. Niedrige Temperaturen begünstigen den Verderb.

- Das Braunwerden der geschälten Bananen kann mit Zitronensaft verhindert werden.

Cremespeisen

aus stärkehaltigen Bindemitteln können durch Speichel wieder flüssig werden. Wenn Probierlöffel ohne abzuspülen wiederholt gebraucht werden, so kann durch den anhaftenden Rest, das im Speichel enthaltene Stärke abbauende Ferment Amylase wirksam werden. Amylase baut Stärke in Dextrin ab. Dextrin besitzt keine Bindefähigkeit.

Eier

Siehe „Kunterbunte Eiertips", S. 307-309

Erbsen

Der Geschmack wird kräftiger, wenn die Erbsen statt in Wasser in ein wenig Hühnerbrühe (Instant) mit 1 Tl Butter gegart werden.

Dunkle Soßen

erblonden durch Hinzugabe von Sahne oder Crème fraîche.

Dickcremige Soßen

mit etwas Brühe oder Gemüsewasser auffüllen und noch einmal durchkochen lassen. Bei dunklen Soßen kann man einen Schuss Rotwein zufügen.

Fenchel

Die Knolle hat einen kräftigen Eigengeschmack, den der Fenchelliebhaber schätzt. Durch Zitronensaft kann der Eigengeschmack herabgemindert werden

Fischtips siehe Seite 290/291.

Flambieren

Der richtige Alkohol ist hierbei am wichtigsten. Besitzt ein alkoholisches Getränk über 50% Alkohol, brennt er garantiert. Liegt der Alkoholgehalt darunter, muss er vorher erwärmt werden.

Geeignete Spirituosen sind Cognac, Weinbrand,

Rum, Obstbrände und hochprozentige Liköre. Alkohol brennt nicht auf kalten Speisen. Während des Flambierens ist die Flamme nicht zu bewegen, denn wenn diese vorzeitig erlischt, wird das Gericht im Geschmack spritig und es bleibt zu alkoholreich.

Flambiertes Eis

gelingt am besten, wenn die hochprozentige Spirituose erhitzt wird.
2 EL davon in die heiße Kelle geben und entzünden. Den brennenden Alkohol sofort über die Eisportion geben.
Flambieren gibt der Speise ein besonderes Aroma, verleiht dem Essen Festcharakter und schafft eine wohltuende Atmosphäre.

Fleischtips

Fleisch-Aufschnitt

Je nach Größe des Wurstbehälters legt man 1 - 2 Kaffeefilter zusammen mit dem Aufschnitt hinein. Die überschüssige Feuchtigkeit wird vom Filter aufgenommen, ohne dass dabei die Luft zu trocken wird.

- Um den Aufschnitt auf belegten Broten und Brötchen frisch zu halten, legt man ein Salatblatt zwischen die zusammengeklappte Schnitte. Das Salatblatt welkt, der Aufschnitt bleibt frisch.
- Roher Schinken, der zu salzig ist wird milder, wenn man das Schinkenstück einige Stunden in Milch legt.

- Versalzene Schinkenscheiben kurz durch warmes Wasser ziehen und abtupfen.
- Wurst lässt sich besser enthäuten, wenn man sie kurz unter kaltes Wasser hält.

Bratwürste platzen nicht, wenn sie vor dem Braten 2 Minuten in kochendes Wasser gelegt, abgetrocknet und in Mehl gewälzt werden.

- Oder man gibt die Bratwürste mit etwas kaltem Wasser und ein wenig Fett in die Pfanne und bringt sie langsam zum Kochen. Ist das Wasser verdampft, setzt automatisch der Bratprozess ein.

Fleisch - Frischhaltung

Das frische Fleisch nimmt man nach dem Einkauf sofort aus dem Papier und reibt es mit Öl ein, legt es dann in eine Schüssel. So kann es 2-3 Tage im Kühlschrank gelagert werden. Hackfleisch muss sofort verarbeitet werden. Vorsicht ist auch beim Geflügelfleisch geboten.

- Bratwurst hält man einige Tage frisch, wenn sie in leicht gesalzenem Wasser aufbewahrt wird.
- Leber kann man einen Tag in Milch legen. So bleibt sie zart. Danach muss sie zubereitet werden.

Fleisch - Lebertips

Sie wird besonders zart, wenn man sie vor dem Braten 1/2 Stunde in Buttermilch legt.

- Leber grundsätzlich erst nach dem Braten salzen. Leber vor dem Braten in Mehl wenden, leicht abklopfen und danach ins heiße Fett legen. Nicht zu lange braten! Der Kern darf noch rosa sein. Ist das Fett zu heiß, verbrät die Leber von außen und wird hart.
- Der strenge Eigengeschmack der Leber wird herabgemildert, wenn sie 1 Std. vor der Zubereitung in Milch gelegt wird.
- Oder wenn sie 2-3 Stdn. vor dem Braten in Tomatensaft gelegt oder mit Ketchup umhüllt wird.
- Leber harmoniert mit gedünsteten Apfelscheiben, Stachelbeeren, Paprikastreifen.

Fleisch - Röststoff- und Krustenbildung

Das Fleisch vor dem Anbraten mit einer Mischung aus 1 EL Honig u. 1 gestrichenen TL Zimt bestreichen und 1 Stunde einziehen lassen. Wenn der Braten dann noch mit 1/8 l Apfelsaft gelöscht wird, schmeckt er besonders aromatisch.
- Oder man bepinselt den Braten vor dem Anbräunen mit Senf oder nur mit Honig.

Sie hierzu auch Seite 213 - 215.

Gurken entschlacken

Da sie reich an Wasser und Mineralstoffen sind, die entschlackend wirken, begünstigen sie den Abbau des Körperfetts. Zudem regen sie die Darm- und Nierentätigkeit an.
- Gurkensaft regt die Durchblutung der Haut an. Das ist der Grund für den Einsatz in der Schönheitspflege.

Gurkensalate
nach dem Marinieren möglichst nicht stehen lassen. Essig entzieht den Gurken Saft; sie werden wässrig und fade.

Gemüse siehe Seite 42/43 und 88/89.

Hülsenfrüchte siehe Seite 204/205.

Johannisbeeren
mit dem Stiel waschen, abtropfen lassen, dann abzupfen. Mit der Gabel geht es einfach. Die Zinken von oben nach unten durch die Trauben ziehen.

Kartoffeln siehe Seite 136.

Käse
Er schmeckt besser, wenn er 1 Stunde vor dem Servieren aus dem Kühlschrank genommen wird.

- Bröckelige Käsesorten lassen sich mit einem heißen Messer wie Butter schneiden.
- Oder man bestreicht das Messer mit Öl.
  Käse, den man zum Reiben einsetzen will, bewahrt man vorteilhaft mit etwas Salz auf. Das Salz nimmt die Feuchtigkeit auf, der Käse bleibt trocken.
- Frischer Käse lässt sich besser reiben, wenn man ihn vorher einfriert. Das hat auch den Vorteil, dass die Reibe nicht so stark verklebt.

- Parmesankäse sollte im Backofen nur gelb werden, da er sonst leicht bitter schmeckt.

Kirschen

Man kann sie leicht mit einer Haarnadel entsteinen. Die spitzen Enden werden in einen Korken gesteckt. Mit dem gebogenen Ende sticht man an die Stelle des Stielansatzes in die Frucht, man dreht ein wenig und holt den Stein heraus.

Kiwis

Unreife Früchte lassen sich zusammen mit einem Apfel in verschlossenen Kunststofftüten nachreifen.

- Kiwis lassen sich im Kühlschrank recht lange aufbewahren.
- Kiwis verhindern das Festwerden von Gelatinespeisen. Sie enthalten das Eiweiß spaltende Enzym Actinidin, das das Gelatineeiweiß abbaut.
  Darum Kiwispeisen mit Kartoffelstärke binden. Kartoffelstärke wird nach dem Kochen klarer als Getreidestärke.

Kiwis als Fleischzartmacher

Werden Steaks oder anderes kurz gebratenes Fleisch 1 Stunde vor dem Braten mit Kiwi eingerieben, so wird das Fleisch zarter.

Knoblauch

Wenn nach dem Knoblauchgenuß 1 EL Petersilie gegessen wird, entsteht kein Knoblauchgeruch.

Wenn Jhnen das nicht mundet, dann trinken Sie nach Jhrem Knoblauchgericht 1 Glas heiße Milch.

Kohlgemüse

So wird es leichter verdaulich und verliert seinen strengen, herben Geschmack:

- Wenn beim Garen etwas Kümmel zugefügt wird.
- Oder man lässt es wenige Minuten im offenen Topf dünsten und gart dann wie gewohnt im geschlossenen Topf bei milder Hitze weiter.
- Oder der Kohl wird in Essigwasser blanchiert
- Oder wenn der für Rohkostsalate geschnittene Kohl gestampft wird.

Kohlrabi

Die jungen Blätter können mitverwertet werden. Sie werden in feine Streifen geschnitten, in Butter gedünstet und zu dem fertigen Gemüse gegeben.

Mango

Die Früchte sind reif, wenn sie intensiv duften und die Schale bei Fingerdruck nachgibt. Auch Flecken auf der Haut sind ein Zeichen der Reife. Noch nicht ausgereifte Früchte kann man bei Zimmertemperatur nachreifen lassen.
Die Haut wird entfernt, indem man sie einritzt und dann abzieht.

- Mangosaft kann hartnäckige Flecken verursachen.

Möhren

Nicht in Plastikbeuteln aufbewahren. Sie fangen dann an zu schwitzen, werden weich und faul. Unverpackt im Gemüsefach des Kühlschranks aufbewahren.

- Möhren lassen sich besser mit einem Topfschrubber als mit einem Messer putzen.
- Oder blanchieren Sie die Möhren in kochendem Wasser, dem Sie ein wenig Natrium oder Backpulver zugesetzt haben. Anschließend mit kaltem Wasser abschrecken. Die äußere Haut lässt sich ablösen wie die Schale von den Mandeln.

Möhren für Säuglinge vor dem Servieren pürieren. So kann auf den Einkauf von teuren Fertigprodukten verzichtet werden.

- Möhrengemüse schmeckt herzhafter, wenn man etwas Zitronensaft oder einen Schuss Wein mitkochen lässt.

Paprika

Vor seiner Verarbeitung sollte Paprika gründlich von Trennwänden und Kernen befreit werden. Diese sind nähmlich Träger der Schärfe, aber auch der Unverträglichkeit.

- Sollte trotz allem die Paprikaschote schwer im Magen liegen, schafft das Enthäuten eine bessere Verträglichkeit. Hierfür werden die Paprikaschoten blanchiert, mit kaltem Wasser abgeschreckt und die Haut abgezogen.

Petersilie

hacken sollte man sie grundsätzlich nur

auf Porzellan-, Steingut- oder Marmorunterlagen hacken. Holzbretter saugen das Aroma auf. Muss man darauf zurückgreifen, ist es vorher mit Wasser abzuspülen.

- Will man Petersilie einfrieren, so brauchen die gewaschenen, abgetropften Blätter nicht kleingeschnitten werden. Man gibt sie einfach in eine Tüte und friert sie ein. Beim Herausnehmen lassen sie sich im gefrorenen Zustand verreiben.

Pfirsiche

Zum Enthäuten werden sie kurz in kochendes Wasser gelegt, herausgenommen, abgeschrocken und enthäutet.

Pflaumen

Die frühen Sorten eignen sich besser für den Rohverzehr. Sie verlieren beim Erhitzen ihre natürliche Süße und Würze. Die späteren Früchte, besonders die Zwetschgen, besitzen festes, aromatisches Fleisch, dessen fruchtige Süße beim Erhitzen erst voll erschlossen wird.

Pflaumen einfrieren

Gefragt sind hierfür die späten, festfleischigen Sorten. Sie werden aufgeschnitten und entsteint eingefroren. Für Kuchenbeläge werden sie ungezuckert, für Mus werden sie mit Zucker bestreut eingefroren. Hierbei rechnet man 50-100g Zucker auf 500g Früchte. Die Lagerzeit beträgt 1 Jahr.

Pflaumen auftauen
Für Kuchenbeläge werden sie unaufgetaut auf den fertigen Teig gelegt und gebacken. Danach werden sie erst mit Zucker bestreut.

Rhabarber
Erst nach dem Kochen süßen! Säure spaltet den Haushaltszucker in Trauben- und Fruchtzucker. Der entstehende Invertzucker besitzt eine geringere Süßkraft. Wenn der Rhabarber nach dem Kochen gesüßt wird, benötigt er weniger Zucker, und die Speisen sind dementsprechend energieärmer.

- Rotstielige Rhabarbersorten brauchen nicht so stark wie grünstielige Sorten gesüßt werden. Schon mit relativ wenig Zucker können sich Geschmack und Aroma voll entfalten. Eine alte Bauernregel sagt aus, dass Rhabarber nur bis Johanni (24. Juni) geerntet werden soll. Zu recht! Denn später ist er sehr grobfaserig, der Oxalsäuregehalt ist erhöht und der Rhabarber schmeckt herber.

Rhabarber zählt zu den extrem energiearmen Gemüsearten. Er ist besonders reich an Oxalsäure, wirkt blutreinigend, entschlackt den Körper und ist verdauungsfördernd. Wegen des hohen Oxalsäuregehaltes ist der Rhabarbergenuss bei Menschen, die zu Harn- und Nierensteinbildung neigen, umstritten.

- Die Oxalsäure des Rhabarbers greift Metalle an. Darum Rhabarber nicht in einem Aluminiumtopf kochen! Nach dem Kochen nicht im Topf erkalten lassen!

Schnittlauch
Frisch halten kann man ihn, indem man ihn in ein Glas Wasser stellt, in angefeuchtetem Pergamentpapier oder man gibt ihn in ein Glas, das mit Frischhaltefolie verschlossen wird.

- Das Schneiden von Schnittlauchröllchen geht besser mit der Küchenschere als mit einem Messer.

Schwarzwurzeln lassen
sich mühelos putzen, wenn sie ungeschabt gekocht undann erst von der Haut befreit werden.

- Der Schwarzwurzelgeschmack wird verbessert, wenn man kurz vor dem Anrichten einen Schuss Weißwein zugibt. Den Wein nicht mitkochen lassen.

Sellerie
Beim Einkauf daran denken, dass größere Knollen pelzig und hohl sein können. Gibt die Stelle, an der das Kraut abgeschnitten wurde, bei Daumendruck nach, ist die Knolle von innen trocken und pelzig.

- Die gebürstete Knolle erst nach dem Kochen abschälen. So laugt sie beim Kochen nicht so stark aus und der Geschmack bleibt besser erhalten.

Sellerie
wirkt Harn treibend, Neren stärkend und Appetit anregend. Außerdem ist er vorzüglich zum Würzen von Diabetikerkost geeignet, da die Knolle reich an ätherischen Ölen ist!

Spargel

Beim Kochen immer etwas Butter und 1 Stückch Zucker mit ins Kochwasser geben. Dadurch werden die in den Spargelstangen enthaltenen Bitterstoffe neutralisiert.

- Wenn der Spargel portionsweise mit einem Baumwollfaden zusammengebunden wird, lässt er sich bequem mit zwei Gabeln aus dem Topf nehmen und anrichten.

Die Garzeit beträgt je nach Dicke der Stangen 12-20 Minuten.

Soßen

Mehlig schmeckende Soßen hat man meistens nicht lange genug köcheln lassen. Sie können durch Sahne, Crème fraîche oder Butter verfeinert werden.

Soßen

Wenn sie versalzen sind, mit etwas Brot aufkochen, etwas Sahne einrühren oder man reibt eine rohe Kartoffel hinein. Die Soße vor dem Anrichten über ein Sieb schütten.

Suppen

Wenn sie versalzen sind, geben Sie eine roh-geriebene Kartoffel oder geröstete Brotwürfel in die Suppe und lassen alles 10 Minuten ziehen. Danach die Suppe über ein Haarsieb schütten und mit etwas Sahne verschlagen.

Tomaten

Wenn sie gekocht werden sollen, ist die Schale vorher abzuziehen, da sie sich sonst beim Kochen zusammenrollt. Man schneidet zuerst den Stielansatz kegelförmig aus der Frucht, danach werden die Tomaten kurz in siedendes Wasser getaucht und mit kaltem Wasser abgeschreckt. Das enthäuten ist dann kinderleicht.

- Tomaten werden fester, wenn man sie 15 Min. in kaltem Wasser liegen lässt.

Zitronen

Beim Entsaften werden sie ergiebiger, wenn sie kurz unter Druck gerollt werden.

- Die Schnittseiten halbierter Zitronen bleiben länger frisch, wenn man sie mit Frischhaltefolie abdeckt.
- Benötigt man nur ein paar Tropfen Zitronensaft, so braucht man nicht sofort die ganze Frucht aufzuschneiden. Es genügt, wenn mit einem Zahnstocher hineingestochen und kräftig gedrückt wird.

Zitronensaft als Fleckentferner

Bei alkalisch reagierenden Fleckverursachern, z. B. bei Gemüse - und Obstflecken, setzt man säurehaltige Mittel wie Zitronensaft ein u. bringt hiermit die Flecken zum Verschwinden.

Taucht man beim Verarbeiten mit Obst die Finger zwischendurch immer wieder in Zitronenwasser oder in Buttermilch, so bekommen die Hände keine Obstflecke. Nicht mit Seife waschen! Seife geht zusammen mit Obstsäuren schwerlösliche Verbindungen ein.

Zwiebeln schneiden ohne Weinen

Zwiebeln kurz mit kochendem Wasser überbrühen, dadurch werden die ätherischen Öle gebunden. Oder man schneidet sie am offenen Fenster oder unterhalb der Dunstabzugshaube.

- Nur mit einem scharfen Messer schneiden, so spritzt der Saft mit den ätherischen Ölen nicht heraus.

Zwiebelgeruch

verschwindet, wenn man nach dem Essen ein Glas Milch trinkt oder rohe Petersilie kaut.

- Zwiebelgeruch an den Händen entfernt man mit Essig- oder Zitronensaft.
- Zwiebelgeruch in der Wohnung lässt sich entfernen indem man mit einem feuchten Handtuch bei geöffnetem Fenster durch die Wohnung geht u. es dabei hin und her schwenkt.

Zwiebelringe werden gleichmäßig,

wenn sie mit einem Gurkenhobel oder einer Aufschnittmaschine geschnitten werden.
Sie werden knusprig, wenn sie vor dem Braten in Mehl gewälzt werden.

Übersichtstabelle der wasser -

Empfohlene Menge	wertvolle Quellen
Vitamin B_1, Thiamin Bedarf: 1,4-1,6 mg	Vollkornprodukte, Leber, Schweinefleisch, Hefe
Vitamin B_2, Riboflavin Bedarf: 1,8 mg	Milchprodukte, Fleisch, Vollkornmehle Eier
Vitamin B_2, Niacin Bedarf: 15-18 mg	Schweinefleisch, Fisch, Gemüse, Vollkornprodukte, Eigensynthese
Vitamin B_2, Folsäure Bedarf: 400 Mikrogramm	Gemüse, Fleisch, Vollkornprodukte
Vitamin B_6, Pyridoxin Bedarf 1,6-2,1 mg	Schweinefleisch, Weizen- keime , Walnüsse
Vitamin B_{12}, Cobalamin Bedarf: 3 ug (Mikrogramm)	Fleisch, Fisch, Eigelb, (tierische Lebensmittel)
Vitamin C, Ascorbinsäure Bedarf: 100 mg und mehr Bil-	Gemüse, Obst, Kartoffeln

löslichen Vitamine

Aufgaben	Mangelerscheinungen
sorgt f. den Kohlenhydratabbau in den Zellen, sorgt für normale Funktion des Nervensystems	Nervenstörungen, Wachstumsstörungen, Müdigkeit, Muskelschwund, Störungen der Herztätigkeit.
als Bestandteil von Zellenzymen, Bedeutung für den gesamten Zellstoffwechsel	Dermatitis Schädigung von Haut und Schleimhaut, Wachstumsstörungen.
Wassertransport, Energiegewinnung	Pellagra, Entzündungen Verfärbung der Haut, Nervenstörungen.
im Aminosäurestoffwechel	Anämie, Hautveränderungen, Mangel bei Eiweißunterernährung.
wichtig für den Aminosäurestoffwechsel	Hautschädigungen, Entzündungen an Mund und Auge
wichtig für den Aminosäurestoffwechsel, Zellkernaufbau	Verminderte Zellteilung, Anämie, Nervenstörungen, Mangel bei strengen Vegetariern
Aufbau von Bindegewebe, Eisenstoffwechsel, verhindert Radikalbildunmg.	Störungen im Bindegewebsstoffwechsel, verhindert verzögerte Wundheilung, Skorbut.

Übersichtstabelle der

Empfohlene Mengen	Quellen	Aufgaben Wirkungsweise
Retinol/Vitamin A Bedarf: 1,1–0,9 mg Provitamin **Carotin**	Fett, Fettfisch, Eigelb, Karotten, Grüngemüse	Bestandteil des Sehpurpurs, fördert Zellwachstum
Calciferol, D Bedarf: 0,01 mg **Provitamin, Bildung in der Haut**	Fettfische, Margarine, Eigelb, Pilze	Resorption von Calcium und Verkalkung der Knochen
Tocopherol, E Bedarf: 12 mg	Keimöl, Vollkornprodukte, Gemüse	Schutz für die Zell- Zellmembranen verhin- Radikalbildung
Phyllochinon, K Bedarf: 0,5 mg	Grüngemüse, Fleisch, Fisch	normalen Ablauf der Blutgerinnung

Die im Handel befindlichen Vitaminpräparate enthalten nur wasserlösliche Vitamine. Da bei diesen Vitaminen die überschüssige Aufnahme vom Körper wieder ausgeschieden wird, kann es hierbei nicht zu einer Hypervitaminose, Vitaminüberversorgung, kommen.

fettlöslichen Vitamine

Hypovitaminose (Vitaminunterversorgung)	Hypervitaminose (Vitaminüberversorgung)
Verhornung von Haut und Schleimhäuten, **Nachtblindheit**	Erbrechen Durchfall, Schleimhautblutungen, Knochenbrüchigkeit,
Knochenerweichung, **Rachitis, Osteoporose**	Calciumablagerungen in den Blutgefäßen, Lunge, Niere.,
unbekannt	unbekannt
gestörte Blutgerinnung	unbekannt **Antivitaminose** Dicumarol und andere Medikamente

Anders dagegen ist es bei den fettlöslichen Vitaminen. Das Überangebot wird vom Körper gespeichert. Bei den fettlöslichen Vitaminen kann es also sowohl zu einer Unterversorgung (Hypovitaminose) als auch zu einer Überversorgung kommen! Für eine gute Vitaminversorgung ist eine abwechslungsreiche Ernährung notwendig!!!

Übersichtstabelle der

Elemente	Tagesbedarf	Wertvolle Quellen
Natrium Chlorid	Erwachsene 2 bis 3 g entsprechen 5-7 g Kochsalz/Na Cl	Kochsalz: in fast allen Lebensmitteln, Wurst Käse, Verbrauch an Kochsalz ist im allgemeinen zu hoch
Kalium	3-5 g	Gemüse, Getreide, Obst
Calcium	Erwachsene 800 mg Schwangere und Stillende 1,2 g	Milch, Milchprodukte Vollkornerzeugnisse, Obst, Gemüse, Hülsenfrüchte.
Phosphor	Erwachsene 1,4 g	Milch, Milcherzeugnisse Fleisch, Fisch, Gemüse
Magnesium	Erwachsene 300-350 mg	Gemüse, Blattgrün, Milch, Käse, Fisch
Eisen	Frauen 18 mg Männer 12 mg	Leber, Fleich, Eidotter Gemüse, Vollkornprodukte
Jod	200 ug	Seefisch, Innereien, Milch, jodiertes Speisesalz

Mineralstoffe

Aufgaben	Mangelerscheinungen
Regulation des Wasserhauslaltes und der Gewebsspannung, hält zusammen mit Chlor das das Wasser im Gewebe zurück, Salzsäurebildung im Magenim Magen	Kopfschmerzen, Kreislaufversagen, Muskelkrämpfe, zu Mangelerscheinungen kommt es durch starke Wasserverluste beim Schwitzen, Durchfälle und Erbrechen.
Gegenspieler von Natrium, fördert den Wasserentzug aus dem Gewebe.	Muskelschwäche, Herzfunktionsstörungen
Aufbau der Knochen und Zähnen, Herztätigkeit, Blutgerinnung	Entkalkung der Knochen und Zähne, Übererregbarkeit Nerven und Muskeln.
Aufbau von Knochen und Zähnen, Energiegewinnung	Mangel an Phosphor bei uns unbekannt.
Aufbau von Konchen u. Zähnen, Bestandteil v. Enzmen	Stoffwechselstörungen, Übererregbarkeit der Muskeln
Bestandteil von Hämoglobin, Sauerstofftransport	Blutarmut, Müdigkeit, Konzentrationsschw., Leistungsabfal
Aufbau des Schilddrüsenhormons, regelt Grundumsatz	Vergrößerung der Schilddrüse Kropfbildung, verlangsamte Energiebildung in den Zellen.

Grundmengen pro Portion

Suppe als Vorgericht 1 Teller	= 250 ml = 1/4 l
Suppe als Vorgericht 1 Tasse	= 150 ml
Suppe als Hauptgericht (Eintopf)	= 500 ml

Gemüse als Hauptgericht	= 250 - 400 g
Gemüse als Beilage	= 250 g
Sauerkraut	= 100 g
Hülsenfrüchte	= 60 g

Gemüse als Rohkost zubereitet	= 50 - 100 g
grüner Blattsalat	= ca. 50 g
gekochte Gemüsesalate	= 125 - 150 g

Kartoffeln - Beilage, Eintopf	= 250 g
Kartoffelsalat	= 150 - 200 g

Reis - Beilage	= 60 g
Reis - Hauptgericht	= 100 g
Reis - Suppeneinlage	= 10 - 15 g

Teigwaren als Hauptgericht	= ca. 100 g
Teigwaren als Suppeneinlage	= 20 g

Fleisch ohne Knochen	= 100 g
Fleisch mit Knochen	= 150 g
Fleisch, kurz Gebratenes	= 100 - 150 g
Hackfleisch	= 75 - 100 g
Soße zu Fleisch	= 60 - 100 ml
Soße zu Dessert	= 45 - 60 ml

Fisch im Ganzen . . . . = 250g
Fisch ohne Kopf . . . . = 220g
Fischfilet . . . . = 100 - 150g

Süßspeisen - Flammerie, Creme = 125 g
Gallerte . . . . = 125 g

Küchenmaße und Gewichte

- 1 Tl = 5g oder 5 ml Wasser
- 1 EL = 15g oder 15 ml Wasser
- 8 EL = ca. 125 ml Wasser oder 1/8 l
- 1 Tasse = 125 ml " oder 1/8 l bei normal voll gegossener Tasse. Randvoll gefüllt beträgt ihr Fassungsvermögen ca. 150 ml.
- 1 Suppenkelle, normal gefüllt 100 ml Wasser
- 1 Suppenkelle, randvoll gefüllt 125 ml / 1/8 l
- 1 Suppenteller, normal gefüllt 250 ml / 1/4 l
- 1 große Tasse gut gefüllt 250 ml / 1/4 l
- 1 gehäufter EL Mehl 25 g
- 1 gehäufter EL Zucker ca. 35 g

Folgende Abkürzungen gelten für Flüssigkeiten und Gewichte

1 Liter . . . . . 1 l
1 Milliliter . . . . 1 ml
1 Gramm . . . . . 1 g
1 Kilogramm . . . 1 kg
1 Prise . . . . . . 1 Pr.
1 Esslöffel . . . . . 1 EL
1 Teelöffel . . . . . 1 Tl
1 Messerspitze . . 1 Msp.

Register

A

Aufläufe

E

Eier- und Mehlspeisen

E

Eintopfgerichte

F

Fisch

Fleisch und Fleischgerichte

Fleisch - Gehacktes

F

Fleisch

Schnitzel und Steaks

Wild- und Geflügelfleisch

G

Kartoffeln u. Kartoffelgerichte

Reisgerichte

Teigwaren

Salate

S

S

S

Salatsoßen

Soßen - pikante

S

S

Süße Soßen

Suppen

Suppeneinlagen

Süßspeisen

S

Anhang

Unterhaltsames

Notizen